Ich wünsche Ihnen vie[illegible]
beim Lesen und Entdecken!

[illegible signature]

Karben, 30.04.2015

Kim Schäfer

K. S. Velten

Julie S. Scrottner

Gesammelte Werke

11. Jugend-Literaturpreis

der OVAG 2014

Die Texte der 23 Preisträgerinnen und Preisträger

Herausgegeben von Rainer Schwarz und Rolf Gnadl

Inhaltsverzeichnis

Vorwort

Liebe Leserinnen,
liebe Leser,

alle Preisträger, alle Autoren, die in diesem Buch versammelt sind, verbindet etwas: Es sind kritische Menschen. Die Themen, die in diesem Werk versammelt sind, legen nah, dass wir es nicht mit Ja-Sagern zu tun haben, sondern in der Tat mit jungen Menschen, die die Welt mit kritischen Augen sehen, sich zumindest zurücklehnen und die Dinge nachdenklich betrachten und beurteilen.

Sei es, wie sich die digitale Welt immer mehr in die reale drängt, wie Menschen ihr Verhalten nach einem von der Gesellschaft vorgegebenen Schönheitsideal ausrichten, wie sie sich gegen den unausgesprochenen Zwang wenden, sofort nach dem Abitur effektiv zu sein und den weiteren Lebensplan wie auf Knopfdruck auszurollen. Wie Menschen mit den Konventionen umgehen, die ausschließlich bestimmte Formen der Liebe und des Zusammenlebens als erstrebenswert vorgeben. Oder wie Menschen mit einer Hautfarbe, die nicht jener der Mehrheitsgesellschaft entspricht, wenn schon nicht mit offenem Rassismus konfrontiert werden, so doch zumindest mit unterschwelligen Vorbehalten.

Selbst jene, die – für dieses Alter sehr erstaunlich – schon Formen der Ironie beherrschen, also die Schwester der Kritik, lassen in ihre eher lockeren Texte Formen des Einspruchs einfließen. Etwa in einem an sich harmlosen Märchen, dessen Moral am Ende so gelesen werden kann: Uniformität ist langweilig, Verschiedenheit bereichert jede Gesellschaft.

Gut, dass es derart kritische Geister gibt – was per se nicht bedeutet, dass man ihnen zustimmen muss. Das spielt aber auch nicht die entscheidende Rolle. Denn nur an einer kritischen Meinung können wir selbst uns reiben, können unseren eigenen Standpunkt selbstkritisch in Frage stellen und uns weiterentwickeln. Letztlich hilft Kritik ungemein, einen Standpunkt in der Welt zu finden. Kritik ist sozusagen die Taschenlampe der Aufklärung. Zugespitzt könnte man sagen: „Ich kritisiere, also bin ich." Nur eine Kultur, die kritikfähige Menschen hervorbringt, ist überhaupt eine solche.

Eine Haltung, die unser Wettbewerb nachdrücklich unterstützt. Natürlich geht es darum, literarische Talente zu fördern, junge Menschen darin zu unterstützen, ihre Gedanken möglichst gekonnt in schriftlicher, in literarischer Form zu Papier zu bringen. Damit einher geht aber die Überzeugung, ja das Wissen, dass Menschen, die ständig lesen und sich gut auszudrücken vermögen, von Vornherein einen Vorteil in unserer Gesellschaft haben, zumindest aber ihre eigene Persönlichkeit ausbauen. Bei unserem Wettbewerb handelt es sich um eine ganzheitliche Förderung junger Menschen, die nachhaltig ist, weil dieser Wettbewerb eben nicht endet mit dem Schaulaufen im Scheinwerferlicht der Preisverleihung, sondern sich fortsetzt mit dem viertägigen Lektoren-Workshop für die Preisträger, mit der Herausgabe des gemeinsamen Buches „Gesammelte Werke" im Januar und der sich anschließenden Lese-Tournee durch 40 Schulen Oberhessens.

Damit kommen wir aber zur zweiten Seite; denn ein jedes Ding hat bekanntlich eine solche. So auch die Kritik.

Einerseits haben die meisten Autoren ihre kritische Haltung in den Texten zum Ausdruck gebracht. Andererseits stehen sie nun aber, die sie sich freiwillig mit ihren Werken in die Öffentlichkeit gewagt haben, selbst in der Kritik. Denn jeder, der diese Texte liest – und das wollen die Verfasser schließlich – wird eine Meinung zu der jeweiligen Geschichte äußern, sei sie zustimmend oder ablehnend.

Kritik schmerzt. Das ist einfach so, gerade, wenn man sich einer Sache mit Herzblut verschrieben hat. Natürlich kann man vor der Kritik Reißaus nehmen, man kann sie ignorieren, sich einen anderen Ratgeber suchen oder später das Unternehmen, für das man gerade arbeitet, wechseln. Das ist der einfachste Weg. Und er ist sogar zu erklären: Der Mensch ist nun einmal von seinem Wesen her konformistisch ausgelegt. Schließlich gibt es genug sozialpsychologische Experimente, die beweisen, wie schnell Menschen ihre Meinung ändern, wenn eine Mehrheit in einer Gruppe eine andere Ansicht vertritt. Man kann sich aber auch der Kritik stellen, sich mit ihr beschäftigen, sich mit denen auseinandersetzen, die sie äußern. Dass ist gewiss der schwerere Weg. Aber auch der lohnendere.

Wenn wir ehrlich sind, müssen wir zugeben, dass jene Kritik uns am meisten berührt, von der wir erkennen, dass sie zutrifft. Weil sie uns an unsere Fehlerhaftigkeit erinnert, daran, dass wir nun einmal nicht perfekt sind. Und wie reagieren die meisten darauf: weghören, wegschieben, verdrängen, klein reden, aus Trotz und verletzter Eitelkeit widersprechen.

Wer diese Kritik, die am meisten weh tut, nicht ernst und nicht annimmt, hat über lange Zeit gesehen ein Problem. Weil er seinen Mitmenschen unerträglich wird, weil sie der eigenen Entwicklung ein Ende setzt. Wer sich so verhält, so verweigert, lernt nichts dazu, wird nicht klüger oder kunstfertiger. Kritikresistenz ist eine ins Lebensmark eindringende Krankheit.

Bei dem Workshop in Bad Kissingen sind die Preisträger auf profunde Lektoren getroffen, die ihnen konstruktiv-kritisch entgegengetreten sind. Gemäß der Devise eines der Lektoren, des Schriftstellers Feridun Zaimoglus: „Es gibt nichts Feigeres als falsches Lob." Das sind aber nicht nur sehr kritische Lektoren, sondern ebenso Menschen, die die jungen Autoren ernst nehmen, die es gut mit ihnen meinen, die sie fördern möchten. Keine Menschen, die sich auf Kosten anderer profilieren wollen, wie man das bei diversen Casting-Shows im Fernsehen sieht.

Wichtig ist, welche Kritik man annimmt. Denn genauso fatal wie die grundsätzliche Ablehnung von Kritik, dass Sich-Einigeln in die eigene Meinung, ist die Annahme von falscher Kritik. Das verführt zum Opportunismus. Wer falsche Kritik annimmt, sich aber innerlich von ihr auffressen lässt, macht sich selbst zunichte. Wer die wahre Kritik annimmt, wer sich die richtigen Lehrer und Ratgeber sucht, der wächst.

Wie man das zu unterscheiden lernt? Das hat gewiss mit der Fähigkeit zur Selbstkritik zu tun. Aber auch hier gibt es die richtige und die falsche. Über die falsche Selbstkritik sagt Wilhelm Busch:

„Die Selbstkritik hat viel für sich / gesetzt den Fall, ich tadle mich. / So hab' ich erstens den Gewinn, / dass ich so hübsch bescheiden bin. / So kommt es denn zuletzt heraus, / dass ich ein ganz famoses Haus."

Man mag alle jungen Schreiber ermuntern: Wagen Sie den Blick nach innen, allein im Dunkeln. Der Blick ins Innere, wo es zunächst leer und dunkel ist, der birgt die Chance, dass dort die Worte und Begegnungen, die man im Lauten und Hellen schnell überhört, sich erst entfalten. In der Stille wird das Wahre spürbar. Draußen sieht die Welt dann anders aus. Der Träger der Taschenlampe kann dann lachen oder weinen über Kitsch, Fassaden, Tragödie und Komödie.

Den Blick ins Innere, ins Dunkle, formulierte Heinrich Heine, ein kritischer Mensch mit Maß, so: „Ich aber verhänge die Fenster / Des Zimmers mit schwarzem Tuch / Es machen mir meine Gespenster / Sogar einen Tagesbesuch. / Die alte Liebe erscheint, / Sie stieg aus dem Totenreich, / Sie setzt sich zu mir und weint, / Und macht das Herz mir weich."

Wir bedanken uns bei den Lektoren des Workshops von Bad Kissingen. Wir danken ebenso den Lehrerinnen und Lehrern der Schulen in Oberhessen, die unseren Wettbewerb seit jeher unterstützen.

Unseren Autoren wünschen wir eine erfolgreiche Zukunft. Diesem Buch wünschen wir möglichst viele Leserinnen und Leser.

Rainer Schwarz
Vorstandsvorsitzender der OVAG

Rolf Gnadl
Vorstand der OVAG

Sebastian Adam kommt aus Büdingen, ist 1994 geboren und hat das Wolfgang-Ernst-Gymnasium in Büdingen besucht. Jetzt studiert er in Leipzig.
Sebastian war bereits 2011 und 2012 unter den Preisträgern.

„I only smile in the dark“
Garbage

Sebastian Adam

einladen

Den vier Hexen.

einladen

Ein Mann kommt in einen Laden. So könnte ein Witz beginnen. Ist aber nicht witzig.

Ein Mann kommt in einen Laden. Er und der Besitzer des Ladens reden miteinander. Die beiden kennen sich gut und haben sich viel zu erzählen. Von Zeit zu Zeit halten sie inne und sehen den Blättern zu, wie sie am Laden vorbei wehen.

Der Mann und der Besitzer des Ladens reden eine Stunde, dann sagt der Mann, er würde nun gehen, denn er müsse auf Toilette.
Der Besitzer sagt: „Ach, das ist doch kein Problem." Er zeigt ihm den Weg zur Toilette. Der Mann geht auf die Toilette, kommt zurück. Sie reden noch eine halbe Stunde, beide haben sich, wie gesagt, viel zu erzählen. Dann sagt der Mann, jetzt würde er nach Hause gehen, weil er durstig sei.
„Ach, das ist doch kein Problem."
Und so geht der Besitzer in den Raum nebenan und holt dem Mann eine Cola und ein Wasser. Der Mann trinkt erst die Cola, dann das Wasser, um die Cola herunterzuspülen. Er rülpst zufrieden. Eigentlich sei er auch hungrig, aber seine Frau habe sicher schon Abendessen gemacht und warte auf ihn. Der Besitzer lächelt. Er geht in den Raum nebenan und holt dem Mann etwas zu essen. Der Mann isst die Brote und bedankt sich dafür, sie seien sehr gut.
Er sagt dem Besitzer, dass er mal nach dem Auto sehen müsse, er stehe nämlich im Parkverbot.
„Ach, das ist doch kein Problem", sagt der Besitzer und geht los, um nach dem Auto des Mannes zu sehen.

„Alles okay, kein Strafzettel“, beruhigt der Besitzer den Mann.
Die beiden reden noch ein bisschen. Der Besitzer schließt den Laden, draußen ist es längst dunkel und es hat zu regnen begonnen. Regenschirme werden aufgespannt, Autos rollen über das Kopfsteinpflaster durch die Pfützen, Nasen drücken sich an den Fensterscheiben platt. Der Besitzer hängt ein Geschlossen-Schild auf.
Der Mann will gehen, weil er befürchtet, dass seine Frau ihm böse sein könnte. Er hasst es, wenn sie wütend wird und die Stirn runzelt. Es macht ihn traurig, unabhängig davon, ob er Schuld hat oder nicht.

Der Besitzer ruft bei einem Freund an: „Kannst du uns Pizzen rüberbringen?“
Die beiden reden, bis ihre Pizzen kommen.

Der Mann fühlt sich schmutzig, er trägt noch seine Arbeitskleidung. Er fragt den Besitzer, ob sie nächste Woche weiter reden möchten, denn er würde jetzt gerne duschen gehen, aber der Besitzer sagt:
„Ach, das ist doch kein Problem. Nebenan sind Dusche, Handtuch und Ersatzkleidung. Bediene dich.“

Nachdem der Mann geduscht hat, reden beide eine Weile. Das Handy des Mannes klingelt. Der Besitzer nimmt ab.
„Alles klar soweit, der ist gerade beschäftigt“, sagt der Besitzer. Er legt auf.
Der Besitzer bringt dem Mann ein Bier. Der Mann muss an seine Frau denken, die auch gerne Bier trinkt, sehr gerne sogar. Er vermisst sie, obwohl er sie doch bald sehen wird.
Er sagt, dass er los muss, weil er Schlaf braucht, aber in Wirklichkeit bräuchte er seine Frau.
„Alles kein Problem. Du hast vier Biere getrunken, du fährst ganz sicher nicht mehr. Du kannst dich nebenan hinlegen. Da steht eine Couch.

Aber lass uns noch ein bisschen reden“, sagt der Besitzer und sie reden noch ein Gespräch mehr.
Das Handy des Mannes klingelt wieder und der Besitzer erklärt der Frau, dass ihr Mann jetzt hier bei ihm sei und ganz plötzlich wacht der Mann auf, verlässt den Laden und kommt nie wieder zurück. Er geht zu seiner Frau, küsst sie sanft, schläft mit ihr und sie bekommen Kinder und haben eine große, glückliche Familie, sie werden zusammen alt und grau und weise und sie haben eine ansehnliche Rente und sterben im Kreise ihrer hundert Enkel in einem Haus am See.

Im Traum vielleicht. Der Mann bleibt beim Besitzer.

Lange nach Mitternacht geht der Mann ins Bett im Raum nebenan. Am nächsten Morgen steht der Mann früh auf, um zur Arbeit zu gehen, aber der Besitzer hält ihn auf, bevor er den Laden verlassen kann. Der Mann sagt dem Besitzer, dass er auf die Arbeit fahren müsse, aber der Besitzer erklärt dem Mann:
„Ach, das ist doch alles kein Problem.“ Und er schließt die Tür ab.
Die beiden reden eine Weile. Der Mann gibt zu bedenken, dass er aber eine Arbeit brauche. Der Chef sei sicher schon verärgert.
Der Besitzer sagt: „Wo ist das Problem? Ich hab alles geklärt, ist alles in Ordnung. Du arbeitest jetzt hier.“
„Ich gehe jetzt, bitte“, sagt der Mann.

Abends isst er im Laden mit dem Besitzer. Er duscht und schläft im Raum nebenan. Die beiden reden wieder viel miteinander. Es gibt wirklich nichts, worüber es nichts zu reden gibt und nichts, worüber es sich nicht lohnt, mehrmals zu reden. Die Frau des Mannes ruft drei Mal am Tag an und kommt ihn besuchen, aber sie findet ihren Mann nicht, kann ihn nicht erkennen, sie erkennt ihn nicht.

Dann kommt sie nicht mehr.
Als er den ersten Gehaltsbescheid bekommt, sagt der Mann, er werde einkaufen gehen, aber der Besitzer hat schon für ihn eingekauft und hat mit der Scheckkarte des Mannes bezahlt.
Als der Mann zur Bank gehen möchte, hat der Besitzer einen Geldautomaten im Gang aufstellen lassen.
Als der Mann spazieren gehen möchte, bekommt er vom Besitzer ein Laufband geschenkt.
Als der Mann raus will, lässt der Besitzer einen Garten im Innenhof errichten.
Als der Mann jetzt wirklich einkaufen will, verschwindet sein Geldbeutel.
Als der Mann neue Menschen kennen lernen möchte, bringt der Besitzer Menschen mit, aber sie beachten ihn nicht und seine Frau antwortet nicht auf seine Briefe.
Sie hat jetzt einen neuen Mann. Nachts weint der Mann leise in sein Kissen im Raum nebenan.

Und als der Mann beerdigt wird, stellt sein Besitzer den Grabstein im Laden auf.
Nein. Das war gelogen.

Joy Vivian Benner kommt aus Bad Nauheim, ist 1992 geboren und hat die St.-Lioba-Schule in Bad Nauheim besucht. Jetzt studiert sie in Berlin.
Joy war bereits 2008, 2009, 2010 und 2011 unter den Preisträgern.

„Keine Versöhnung, motherfucker!“
Feridun

Joy Vivian Benner

Glut

Mein Dank geht an Frizi, ohne welche diese Geschichte niemals entstanden wäre und an Miriam, ohne die diese Geschichte niemals fertig geworden wäre.
Ganz besonderen Dank an Feridun für das wundervolle Lektorat! Es war mir eine Ehre und ein Vergnügen.
In Gedenken an die vier Hexen in den Nebelschwaden.
Und für Christine und Anki, die ich schmerzlich vermisst habe.
Dank natürlich auch an die OVAG und alle Beteiligten für den tollen Workshop.

Glut

0

Der heiße Wind weht Wüstensand auf. Alle Blicke sind auf die Ausgrabungsstätte und die Tafel gerichtet. Die Reporter drängen sich noch einen Schritt weiter vor. Ein großer, schwarzhaariger Mann schiebt sich durch die Masse von schwitzenden Körpern. Staub hat sich auf seine strohigen Locken gelegt. Er lächelt grimmig. Blitzlichtgewitter.

1

Juli. Er und Miriam brunchen zusammen. Sie sitzen auf dem Balkon, Miriam im Schneidersitz, den Kopf hat sie auf die Hand gestützt. Sie spricht mit vollem Mund. Charles lächelt, aber hört nicht zu. Die Sonne scheint auf seinen Rücken. Es riecht nach frischem Kaffee. Neben seinem Teller liegen die Arbeitsblätter für seine nächste Seminarstunde.
„Charles. Charles, hörst du mir zu?“ Er hebt den Kopf, blickt Miriam an und blinzelt. Ihre Lippen kräuseln sich. „Bruderherz“, sagt sie mit ernster Miene.
„Verzeihung“, sagt er und greift nach den letzten Trauben auf dem Teller. Sie dreht eine türkis-blaue Haarsträhne. Die Spitzen sind ausgewaschen und ausgeblichen. Sie redet weiter.
Sein Blick schweift über die Dächer und er denkt an die nächste Seminarstunde. Wie soll er seinen Studenten koptische Grammatik um acht Uhr morgens beibringen? Noch immer ist er aufgeregt, wenn er ans Pult tritt.
Miriam beugt sich vor und wischt ihm Frischkäse vom Kinn.
Ihr iPhone auf dem Tisch vibriert. Sie tippt ihren Code ein.

„Was Neues von der Ausgrabung“, sagt sie. Dann wird sie blass.
„Was ist los?“
Ihre Hände zittern, das iPhone rutscht ihr aus den Fingern, Charles hebt es auf. Auf dem Display leuchtet eine Twitter-Mitteilung mit einem angehängten Foto. Neuer Fund in Deir-el-Bahri. Miriam musste wegen einer Infektion frühzeitig von der Ausgrabung zurückkehren.
„Siehst du den schwarzhaarigen Mann da?“, fragt sie und deutet auf eine große, schmale Gestalt am linken Bildrand. Charles nickt.
„Ich weiß, wer das ist“, sagt sie. Er versteht nicht.
„Und?“, fragt er. Sie schaut ihn an und in ihren Augen entdeckt er etwas, was er von ihr nicht kennt.
Sie senkt den Blick, sie presst die Lippen zusammen, atmet sie langsam aus.
„Hör mir zu. Versprich mir, dass du mich nicht unterbrichst?“ Er nickt.
„Diese Geschichten, die ich dir als Kind erzählt habe, von … Baal, von Erzengeln, vom Endzeittier … Es sind keine Fabeln.“
„Was?“
„Es sind keine Fabeln. Ich heiße nicht ohne Grund Miriam …“
„Was meinst du damit?“
„Die Welt roch anders damals. Das Schilf, der Wind, das Meer. Die Wolken hingen tiefer, der Himmel war weit und schwer. Ich saß auf den Klippen. Ich starrte Tag für Tag auf die gegenüberliegende Küste, die Knochen Bäume, bis ich aufhörte, die Tage zu zählen. Bis Zahlen und Worte mir im Mund verdorrten, wenn ich sie aussprechen wollte. Sie schmeckten nach Asche und Staub. Ich hörte die Vögel nicht, es gab keine Vögel auf meiner Seite, sie flohen vor dem Geheul, dem Gebell.“
Vorsichtig reicht er ihr ein Glas Wasser. Er weiß nicht, was er tun soll.
„Leg dich am besten hin …“, flüstert er. Mit einem Ruck steht sie auf und lacht.
„Du verstehst nicht …“
„Nein“, sagt Charles. Für einen Moment ist es still. „Wer ist der Mann auf dem Foto?“

„Alle Geschichten sind wahr“, sagt Miriam leise. „Seit Jahrtausenden wandeln wir unter dem Himmel. Die Himmelspforten sind uns verschlossen. Die Höllentore verriegelt. Keiner kann vom Vergessen trinken.“
Ausgesperrt, heimatlos. Unsinn. Er ist mit diesen Geschichten aufgewachsen. Er glaubt er ihr nicht.
„Wer ist der Mann auf dem Foto?“
Miriam steckt sich eine Zigarette an, er gibt ihr Feuer.
„Lass uns raus gehen“, sagt Miriam.

Die Sonne steht hoch am Himmel und brennt heiß auf sie herab. Am Horizont dräuen anthrazitfarbene Wolken. In der Ferne kann man das tiefe Donnergrollen hören. Es ist, als ob die Welt aus den Fugen gerät. Gleißendes Licht, Hitze, Platzregen, Blitze, krachender Donner. Alles innerhalb von nur wenigen Stunden.
Sie laufen durch die Straßen ohne erkennbares Ziel. Sie geht mit schnellen Schritten, er hält gerade so mit. Sie wirkt wie ein Tier, das vor etwas flieht, das es nicht kennt. Dann fängt es zu regnen an. Schwere Tropfen prasseln aufs Straßenpflaster. Sie flüchten in ein kleines Café. Sie setzen sich in die dunkelste Ecke. Keiner am Tresen, sie sind die einzigen Gäste. Plötzlich geht die Tür auf und jemand tritt herein. Er ist schlank, groß. Er trägt einen Filzhut und einen beigen Mantel. Er geht auf sie zu. Licht fällt auf sein Gesicht. Schmale, schiefe Lippen, gerade Nase, hellgraue Augen, geschwungenen Brauen. Lange, dunkle Wimpern, kurze blonde Haare. Eine Haut ohne Makel, als ob goldenes Licht in seinen Adern flösse. Er wirkt alterslos. Es ist schrecklich.
Miriam richtet sich gerade auf.
„Michael“, sagt sie.
In einer flüssigen Bewegung setzt er sich zu ihnen an den Tisch, legt den Hut ab. Dann greift er in seinen Mantel und zieht einen zerknitterten Zeitungsartikel hinaus. Er streicht ihn mit langen, schlanken Fingern glatt.

„Hast du das gesehen?“, fragt er mit einer seltsamen Stimme. Charles muss an zerriebenen Marmor denken, an feinen, weißen Staub. Er überfliegt den Artikel, schaut auf das Foto von der Ausgrabung. Mit einem langen Finger deutet Michael auf den schwarzhaarigen Mann.
„Wer ist das?“, sagt Charles. Michael blickt ihn an, ihm wird kalt. Sein Herz rast. Dann schaut Michael wieder zu Miriam. „Wer ist er?“, fragt Michael sie.
„Mein Bruder“, sagt sie.
„Bruder“, sagt Michael voller Verachtung. Charles hält ihm die Hand hin und lächelt höflich.
„Ein Vergnügen, Sie kennenzulernen.“ Michael schaut auf die Hand. Miriam berührt Charles’ Arm, er lässt die Hand sinken. Er presst die Lippen zusammen, er schweigt.
„Er hat irgendetwas vor,“ sagt Michael. „Warum ist er an dieser Tafel interessiert? Ich habe bereits jemanden beauftragt, die Hieroglyphen zu übersetzen.“
Charles zieht das Papier zu sich her, steht auf, schaut im Schein der Deckenlampe auf das Foto.
„Was ist mit der kleinen Inschrift hier? In der unteren linken Ecke.“
Miriam und Michael sehen zu ihm auf.
„Man sagte mir, das sei nur griechisches Geschmier.“ Es ist das erste Mal, dass Michael zu ihm spricht.
„Nicht ganz. Ein koptischer Dialekt. Ägyptisch in griechischen Lettern. Es geht um einen Schlüssel.“ Miriam zieht hörbar die Luft ein. Charles lächelt.
„Wäre nun endlich jemand so gut, mir zu sagen, wer das auf dem Foto ist?“ Er setzt sich wieder und schlägt die Beine übereinander.
„Der Teufel“, sagt Miriam.
„Wie bitte?“
„Luzifer“, sagt Michael. „Er hat sich seit zwei Jahrhunderten nicht mehr in menschlicher Gestalt gezeigt.“

„Moment“, sagt Charles und schaut Michael an. „Dein Name … Nein.“
Michael beugt sich vor und legt seine Hand auf Charles’ Arm.
Realität reißt: Heerscharen. Goldene Schilde und Speere, Rüstungen aus Adamant. Flammenschwerter. Chaos, Schreie, Glanz. Eine bleiche Gestalt. Marmor-weiße Haut und langes, schwarzes Haar, Gewebe aus Nacht. Ein schönes, schreckliches Gesicht. Sie kämpfen, der Teufel und Michael, goldener, strahlender Michael. Staub wirbelt auf. Die Erde ächzt unter ihren Hieben. Sie stöhnt vor Schmerz von der Kraft, die die Kämpfenden gegeneinander treibt. Mit aller Macht lässt Michael sein Schwert auf ihn niederfahren. Der Sohn der Morgenröte wird zurück geschleudert. In seiner rechten Seite klafft eine Wunde, ein aufgerissener, schreiender Mund. Die Vision endet.
Charles beugt sich über den Tisch gebeugt, er keucht. Atmet schwer.
„Kennst du jemanden, der die griechische Inschrift übersetzen kann?“
„Ja.“
„Wen?“, sagt Michael.
„Mich.“

Sie sind zurück in Miriams Wohnung. Michael legt seinen Mantel ab. Auf dem Boden liegen Miriams Kleider, schmutziges Geschirr, Bücher und lose Zettel. Charles zieht sich die Schuhe aus und bedeutet Michael, es ihm gleich zu tun.
„Was brauchst du?“, fragt er Charles, als der seinen Laptop aufklappt.
„Zunächst mal die Inschrift in höherer Auflösung.“
Sie fangen an. Nach einigem Nachforschen haben sie verschiedene Aufnahmen von der Tafel. Charles schickt Miriam mit seinem Bibliotheksausweis los, sie soll ein koptisches Wörterbuch ausleihen. Michael geht fort, um weitere Informationen zu sammeln.
Miriam kehrt bald mit zwei Wörterbüchern und Essen vom Asiaten zurück. Sie essen gemeinsam, dann arbeitet er weiter. Miriam durchforscht

das Internet zu dem Fund. Irgendwann nickt sie ein, er trägt ins Schlafzimmer, deckt sie zu und gibt ihr einen Kuss auf die Stirn. Dann geht er zurück ins Wohnzimmer, krempelt die Ärmel hoch, öffnet die ersten zwei Knöpfe seines Hemdes und setzt sich an den Schreibtisch.

Er wacht mit einem Ruck auf. Er muss eingeschlafen sein.
Es ist dunkel draußen, mattes Laternenlicht scheint durch die Vorhänge. Michael steht hinter ihm. Sein Herzschlag setzt einmal aus. Er flucht leise.
„Verzeihung“, sagt Michael.
„Alles gut“, sagt Charles und steht auf. Michael wendet ihm den Rücken zu und streicht mit seinen langen Fingern über die Buchrücken im Regal.
„Darf ich dich etwas fragen?“, sagt Charles. Michael dreht sich zu ihm um. „Warum bist du hier? Auf der Erde.“
„Alle sind hier“, sagt Michael. „Der Himmel ist leer.“
„Warum?“
„Ich weiß es nicht“, sagt Michael leise.
„Wie lange bist du schon hier?“
„Dreitausend Jahre.“
„Wir sind gar nicht so verschieden“, sagt Charles leise.

Am nächsten Morgen frühstücken sie zusammen. Miriam und Michael scheinen Wesen aus einer anderen, älteren Welt zu sein. In ihrer beider Augen erkennt er Kälte und Härte. Er hat geahnt, gespürt, dass seine Schwester mehr verbirgt als entblößt. Nackte, fremde Seelen.
Er hat viele Fragen, er fürchtet sich vor den Antworten. Er fragt sie über den Himmel, über Gott, Michael spannt sich an. Er entziffert Bilder von Gestalten, deren Haut das Sonnenlicht aufsaugt. Gestalten, die goldenes Sonnenlicht bluten. Gestalten, die auf einem feurigen See schwimmen und schreien und weinen.

„Kannst du schon etwas sagen?“, fragt Michael tonlos, er ist bleich, aber beherrscht.
„Es ist eine Wegbeschreibung. Eine Karte. Es ist schwer zu verstehen, der Dialekt ist mir unbekannt. Nicht sahidisch oder bohairisch. Ich habe keine Ahnung, wann und wo er entstanden ist. Aber es geht um diesen Schlüssel.“
„Welche Tür öffnet er?“
„Das Tor des Himmels.“

2

„Das war achtlos von dir“, sagt eine große Frau mit betörenden himbeerfarbenen Lippen. Sie hält ihm das Display ihres Smartphones hin. Neuer Fund in Deir-el-Bahri.
Sie lehnt an der Wand. Das Zimmer wird nur von einer Kerzenflamme erhellt. Ihr flackerndes Licht wirft zuckende Schatten an die Wände.
„Magst du die Konkurrenz nicht?“, sagt der Mann, der auf dem Fensterbrett sitzt, er hat die Beine angezogen und den Kopf auf die Knie gestützt. Seine schwarzen, strohigen Locken fallen ihm in das scharf geschnittene Gesicht.
„Sag dem Übersetzer, er soll schneller arbeiten. Sonst kommt uns jemand zuvor“, faucht sie.
„Mein alter Freund?“
„Unterschätze ihn nicht.“

3

„Ich brauche endlich die Karten“, sagt Charles. Er presst seine Handballen gegen seine Augen. Er weiß nicht, wann er das letzte Mal länger

als fünf Stunden am Stück geschlafen hat. Er hat sich für die letzte Woche des Semesters krankschreiben lassen. Aber er kann nicht aufhören. Das Goldfieber hat ihn gepackt. Jetzt sitzt er hier in einem Café mit Miriam, er hofft, dass er keinem seiner Studenten begegnet.
Miriam rührt in ihrem Chai Latte und starrt auf ihr Handy. Was er hofft sie sich von diesem Schlüssel?
Er erschauert, er möchte die Antwort darauf nicht wissen. Sie sieht krank aus. Todmüde.
Plötzlich klingelt ihr Handy. „Das muss Michael sein", sagt sie und nimmt den Anruf an, greift nach der Zigarettenpackung, sucht nach ihrem Feuerzeug. Charles reicht ihr das Ersatzfeuerzeug, das er immer für sie bereithält. Sie eilt hinaus.
Hoffentlich hat Michael die Karten gefunden. Nicht alle genannten Städtenamen sind ihm geläufig. Er muss sie auf einer Karte sehen. Der koptische Dialekt ist schwer zu verstehen. Ohne die Karten ist es ihm nicht möglich, die Wegbeschreibung zum Schlüssel zu rekonstruieren.
Charles trinkt einen Schluck Kaffee und widmet sich wieder seinen Notizen. Er hört das Klacken von Absätzen. Er riecht einen Hauch von Frühlingsduft. Die Kellnerin schiebt einen Stuhl heran, setzt sich und schlägt die langen Beine übereinander. „Sieht schwierig aus", sagt sie und deutet mit dem Kinn auf seine Papiere. Himbeerfarbenen Lippen, betörendes Lächeln.
„Könnte man sagen", erwidert Charles.
„Uni?", fragt sie.
„Ein … privates Forschungsprojekt", sagt er.
„Worum geht's?"
„Es ist eine Karte", sagt Charles. Er kann sich von ihrem Anblick nicht losreißen. Er deutet auf die Skizze mit gekitzelten Namen. Sie schaut ihn aus schmalen Augen an.
„Eine Piratenschatzkarte?" fragt sie. Es ist unmöglich, ihr nicht zu antworten. Etwas Zwingendes, Betörendes geht von ihr aus.

„Mehr oder weniger“, hört er sich sagen. „Ich glaube, das hier ist Theben und hier ist –“ Plötzlich spürt er eine knochige Hand auf der Schulter. Er dreht sich um. Miriam steht hinter ihm, ihr Blick ist starr auf die Kellnerin gerichtet.
„Baal“, sagt Miriam.
„Ich fürchte ich habe noch eine Verabredung“, sagt Baal. Im nächsten Moment ist sie aus der Tür, Miriam hastet ihr hinterher, Charles folgt ihnen. Miriam schaut sich um. Baal ist verschwunden.
„Entschuldigung! Sie müssen das noch bezahlen!“, ruft die Kellnerin im Café.

„Wir müssen herausfinden, was sie sonst noch alles weiß“, sagt Michael, nachdem Miriam ihm von der Begegnung erzählt hat. Sie sitzen wieder bei Miriam im Wohnzimmer.
„Wenn Baal mit ihm zusammenarbeitet, haben wir ein Problem“, sagt Miriam.
„Aber wie sollen wir das herausfinden?“, fragt Charles leise. Michael sieht ihn kalt an. Er beherrscht sich.
„Wir müssen sie finden“, sagt Miriam.
„Ich übernehme das. Lass ihn nicht allein. Sieh zu, dass er übersetzt“, sagt Michael.

4

Vor einem schmutzigen, runden Buntglasfenster sitzt der schwarzhaarige Mann auf einer Fensterbank. Sein Gesicht liegt im Schatten.
Die angelehnte Tür wird aufgestoßen. Michael tritt ein.
„Lange nicht gesehen, mein alter Freund“, sagt der Abtrünnige und hebt sein Gesicht ins Licht. Er schwingt die langen Beine über den Fenster-

sims, seine nackten Füße berühren den Boden. Er zieht das schwarze, zerschlissene Hemd hoch und entblößt die lange Narbe, die sich über seine rechte Seite zieht.

„Sieh. Ich hab dich nicht vergessen. Wie könnte ich?“

„Ich habe ein Geschenk für dich“, sagt Michael und wirft ihm einen Beutel vor die Füße. Der Abtrünnige schiebt den Beutel mit einem Fuß zur Seite, bis ein paar blutverklebte Haarsträhnen zu sehen sind. Er faucht Michael an.

„Der Kopf meines Übersetzers. Wie aufmerksam von dir“, sagt der Abtrünnige.

„Erkenne deinen Platz“, sagt Michael kalt. Der Abtrünnige neigt den Kopf und lächelt.

„Du weißt, das war nie meine Stärke.“

5

Charles arbeitet Tag und Nacht. Die nächsten vierundzwanzig Stunden sind die Hölle. Er trinkt eine Tasse Kaffee nach der anderen. Er hat keinen Hunger, aber er spürt, wie seine Kräfte langsam schwinden. Irgendwann verschwimmen die Buchstaben vor seinen Augen, die Wörter ergeben keinen Sinn mehr. Er wird diese verdammte Karte nicht hinbekommen. Mit einem Ruck steht er auf und schmettert die Kaffeetasse gegen die Wand. Im nächsten Moment ist Miriam bei ihm. Er hört nicht mehr, was sie sagt, aber sie führt ihn ins Schlafzimmer. Sie macht das Licht aus und schließt die Tür. Aber sein Herz rast und er kann jetzt nicht schlafen und das alles ist sinnlos und er weiß nicht, was das soll und warum, warum, warum er es nicht schafft und er muss es schaffen, muss diese verdammte Inschrift übersetzen, für sich und Miriam, für Michael, dessen Zorn er nicht erträgt, also steht er auf, knipst das Licht an, geht raus und arbeitet weiter.

Und dann setzt sich alles zusammen und er versteht.
„Oh Gott“, flüstert er und lässt sich im Stuhl zurücksinken. Er lacht rau auf. Miriam steht an seiner Seite. „Ich hab’s“, sagt er und wiederholt es, „Ich hab’s, ich hab’s, ich hab’s geschafft. Schau dir das an,“ wieder lacht er, „Gott, es war so simpel, so simpel! Ich hab’s erst nicht gesehen, aber jetzt, schau dir das an, es ist wunderschön, da, siehst du das? Siehst du das?“

Michael ist eine halbe Stunde später da.
„Du hast den Ort des Schlüssels bestimmt?“, fragt er und blickt ihn anerkennend an.
„Der Schlüssel ist ein Wort“, sagt Charles, „es steht in einem der Bücher der Toten.“ Charles deutet auf seine Papiere. „Ich habe alles aufgeschrieben. Die Stelle, die Pyramide, in der das verdammte Buch gewesen sein müsste. Es wurde wahrscheinlich bei einer Ausgrabung gefunden und befindet sich in irgendeinem Museum. Auf dem obersten Blatt steht alles, was ihr wissen müsst.“
„Ok“, sagt Miriam. „Wir erledigen das. Du legst dich ein bisschen hin.“

Charles wacht vom Prasseln des Regens auf. Er friert. Es ist zu kalt in dem Zimmer. Die Luft riecht nach nassem Asphalt und einem Hauch von Frühling. Irgendetwas stimmt nicht. Charles tastet nach dem Lichtschalter.
Er blinzelt ein paar Mal, bis seine Augen sich an die Helligkeit gewöhnt haben. Vorsichtig geht er ins Wohnzimmer. Auf dem Boden schimmert es feucht. Die Balkontür steht weit offen. Er starrt auf seinen Schreibtisch. Die Papiere sind fort. Charles sinkt wortlos auf die Knie.

„Wie konnte das passieren?“, fragt Miriam tonlos. Ihr Gesicht ist aschfahl, sie hat dunkle Ringe unter den Augen. Michaels Finger zittern.

Michael presst die Lippen fest aufeinander, dann atmet er hörbar durch die Nase aus. „Wir müssen schnell handeln“, sagt er.

Die folgende Stunde geht wie im Rausch vorbei. Miriam tippt wie wild auf ihr iPhone ein, dann diktiert sie Michael eine Nummer. Während Michael telefoniert, erklärt sie Charles, was sie herausgefunden haben: Das Buch der Toten, in dem der Schlüssel aufgeschrieben ist, befindet sich im British Museum in London. Michael bucht den nächsten Flug. Dann sind sie auf dem Weg zum Flughafen.
Drei Stunden später steigen sie in London Heathrow aus dem Flugzeug. Die Fahrt in die Stadt hinein dauert noch einmal eine dreiviertel Stunde. Es ist halb vier Uhr morgens, als sie zum British Museum eilen. Sie klettern über einen Zaun, Michael kümmert sich um die Wächter, dann hasten sie so schnell wie möglich zu einem der Eingänge für das Personal. Miriam macht sich an einem Schloss zu schaffen, während Michael die Überwachungskameras blendet.
„Jemand war vor uns hier“, presst er heraus, als sie sich durch die offene Tür stehlen.
Die ägyptische Abteilung liegt im Erdgeschoss. Zwischen riesigen Sarkophagen und einer kompletten Tempelwand schleichen sie sich durch das stille Museum. Charles’ Herz schlägt schnell und hart gegen seine Brust. Plötzlich wird er herumgewirbelt. Michael reißt ihn zur Seite, im nächsten Moment stößt eine Hand mit einem Stilett vor und zurück. Michael verschwindet in den Schatten. Ein dumpfes Geräusch. Dann tritt er langsam wieder zurück, sein Gesicht ist unbewegt, aber auf seiner Wange ist ein Blutspritzer. Eine große Gestalt wankt aus den Schatten. Es ist Baal, die sich mit dem Handrücken das Blut von der Lippe wischt.
„Kein schlechter Schlag“, sagt sie. Sie lächelt, ihre Zähne sind rot. Sie hält das Gesicht in der Hand.
Hinter ihnen tritt der schwarzhaarige Mann hervor. Charles dreht sich um, schaut zu Michael. Er ist bereit.

„Immer noch ganz der Krieger“, sagt der schwarzhaarige Mann. „Aber ich habe nichts anderes erwartet, nachdem du so gut warst, mir den Kopf unseres Übersetzers vor die Füße zu werfen.“
„Was?“, entfährt es Charles. Miriam hält ihn mit einer Hand zurück. „Stimmt das?“
Michael sagt nichts. Der schwarzhaarige Mann umkreist sie mit bedächtigen Schritten, die Hände hinterm Rücken. „Eine Freude, euch kennenzulernen“, sagt er. „Ihr kennt mich,“, summt er mit einem Lächeln.
„Luzifer“, sagt Miriam kalt.
„Warum so förmlich. Nennt mich Lu.“ Baal kreist sie nun von der anderen Seite ein.
Dann geht alles ganz schnell. Beide springen vor. Ein Stoß gegen seine Schulter – Miriam – Charles donnert gegen eine Statue. Für einen Moment sieht er alles nur verschwommen. Irgendwo splittert Glas.
Michael, der vorschießt, Baal, die sich vor Luzifer wirft, ein hässliches Knacken, Baal fällt zu Boden, ihre langen Haare auf den hellen Fliesen. Sie bleibt unbewegt liegen. Luzifer schreit. Ein schmales Messer reißt Michaels Hemd auf. Miriam, die von hinten Luzifer einen Draht um den Hals zieht. Luzifer lacht, wirft sich gegen sie. Sie prallen zu Boden. Michael folgt. Schatten, Körper. Charles rappelt sich langsam auf, schaut sich um. Neben sich in einer der zerschlagenen Vitrinen sieht er es – das Buch –
Luzifer steht wieder auf. Er hält Miriam das Messer an die Kehle.
„Nein!“, ruft Charles.
Luzifer lächelt Michael an. „Auge um Auge“, sagt er. Dann schneidet er ihr die Kehle durch.
Miriams Augen sind weit aufgerissen.
„Nein!“ Er presst die Hände auf die Wunde, Blut quillt zwischen seinen Fingern. „Nein, nein!“

Morgendämmerung.

Er stolpert. Fängt sich wieder. Greift in die Vitrine. Er spürt keinen Schmerz, als er sich an den Scherben schneidet. Das Buch – das Buch – Michael und Luzifer kämpfen noch immer.
Schlag auf Schlag und Schnitt und Hieb und Schluchzen – er weiß nicht, welcher von den beiden aufschreit – die Morgenröte auf jahrtausendealtem Papyrus – wo sind die griechischen Lettern, wo – da.
„Hört auf", flüstert Charles. „Hört auf!", schreit er. Michael und Luzifer drehen sich um, sie sind blutverschmiert. Tränen verschleiern seine Sicht. Mit zittrigen Fingern zieht er Miriams Ersatzfeuerzeug aus der Tasche. Luzifer und Michael erstarren. Bevor noch einer einen Schritt auf ihn zu machen kann, dreht er am Zündrad. An der kleinen Flamme verglühen die Worte.

Er ist sich nicht ganz sicher, was danach passiert. Jemand schreit. Vielleicht ist er es selbst. Dann trifft ihn Michaels Faust. Und Michaels Stimme gellt in seinen Ohren, in seinem Kopf, klar und scharf, und sie schneidet und es schmerzt –
Er liegt am Boden. Über sich sieht er Michael, er schreit noch immer. Seine Faust trifft auf seinen Kiefer. Er krümmt sich zusammen. Neben ihm sinkt Michael auf die Knie. Sein Mantel ist blutverschmiert. Es ist lächerlich, er sieht so menschlich aus, hier und jetzt, so verzweifelt, so zerstört, Charles sieht ihn an und Michael starrt zurück, dann bricht er neben ihm zusammen. Die Sonne steigt höher. Ihr Licht ist golden in Michaels Haar und golden auf dem Blut und alles um sie herum verglüht im Morgenrot. Neben sich hört er Michael schluchzen. Er starrt in das Sonnenlicht und wünscht sich, zu sterben.

6

Charles wacht in einem Krankenhausbett auf. Er liegt im Dunkeln. Es riecht nach scharfem Reinigungsmittel. Irgendwo summt eine Klimaanlage.

Ihm ist kalt. Er hat keine Schmerzen. Er blickt starr ins Dunkel, er denkt an nichts, er fühlt nichts. Er schließt die Augen. Er wartet nicht auf den Morgen.

7

Schwere Tropfen prasseln aufs Pflaster. Schnellen Schrittes eilt eine Gestalt mit Regenschirm zu dem großen, weißen Gebäude. Die Glastüren öffnen sich.

Der schwarzhaarige Mann betritt das Krankenhaus.

Caroline Benz kommt aus Feldatal,
ist 1997 geboren und
besucht die Albert-Schweitzer-Schule in Alsfeld.
Caroline war bereits 2012 und 2013 unter den Preisträgern.

„Und manchmal sehen wir uns bei Leuten, die wir beide kennen
Doch anstatt wegzurennen
Schauen wir uns heimlich an
weil man sich nicht mehr kennenlernen kann."
„Wohin du gehst", AnnenMayKantereit

Caroline Benz

Istanbul Imbiss

Istanbul Imbiss

Ich sitze auf der Stufe zum Hinterhof und rauche. An einer Stelle ist die Regenrinne verbogen. Das Wasser plätschert auf die Kartons, die links neben der Stufe liegen. Sie werden dunkel und schwer und fallen in sich zusammen. Mit jedem Blitz wird der Hinterhof in blaues Licht getaucht, dann zähle ich, bis es donnert. Wenn es gewittert, vermisse ich Nele am meisten. Sie sollte neben mir sitzen, an den Türrahmen gelehnt, oder an meine Schulter. Sie würde sagen, dass ich mich nicht wundern brauche wegen der Kartons, schließlich würde ich sie immer einfach in den Hinterhof werfen, statt sie aufzutrennen und in einer Ecke zu stapeln. Wahrscheinlich würde sie die Ärmel ihres Pullovers über ihre Hände ziehen, um sich ein paar Tage später aufzuregen, dass sie ausgeleiert seien. Bei jedem Blitz würde sie zusammenzucken, dann über sich selbst lachen und vielleicht näher an mich heranrücken.
Aber Nele ist in Australien. Sie sieht dort die Welt mit anderen Augen, sie fühlt, dass sie am Leben ist, sie schwimmt mit Delphinen.

Als sie mir von ihren Plänen erzählte, gewitterte es auch. An den Tagen davor war es unerträglich heiß gewesen und wir hatten vor dem offenen Kühlschrank auf den Fliesen gesessen. Ich hatte unser Leben geplant, als wäre es ein einziger langer Sommer. Sie brauchte mich nur ansehen und mein Herz klopfte schneller. Wenn sie mich nachts angetrunken anrief, wenn sie mich fragte, ob ich nicht eigentlich mit dem Rauchen aufhören wollte, wenn sie neben mir vor dem offenen Kühlschrank saß und meinen Plänen zuhörte, war ich mir sicher, dass sie mich liebte.

Ich drücke meine Zigarette aus, weil das hässliche Windspiel über der Tür klimpert. Vorne im Laden sucht ein Mann Schutz vor dem Regen.

Ich verkaufe ihm eine Dose Cola und suche nach Teelichtern, die ich anzünden kann, falls der Strom ausfällt. Zeki hat von fast allem einen Vorrat für mehrere Jahre. Alufolie, Pizzakartons und Gewürzmischungen, die es in dieser hervorragenden Qualität nur in seiner Heimatstadt in der Türkei gibt – behauptet er. Auf der Gemüsetheke liegen verblasste Plastikpaprika. Es gibt nur einen Tisch und zwei Plastikstühle, die je nach Wetterlage draußen oder drinnen stehen. Zeki hält sich nicht immer an die regulären Öffnungszeiten. In manchen Nächten leuchten die Neonröhren an der Decke und die Fritteuse blubbert, bis es draußen wieder hell wird.

Nele sagte, ich rieche immer ein bisschen nach Fett, Knoblauch und Zekis Geheimgewürz. Dabei hat sie so viel Zeit hier verbracht, dass sie auch danach riechen müsste.
Nicht viele wussten von Nele und mir. Die, die es wussten, fanden, dass wir nicht zusammenpassten. Wir gingen seit der fünften Klasse auf dieselbe Schule. Vor einem Jahr waren wir auf einer Geburtstagsfeier eines Freundes. Gegen halb fünf waren nur noch wir beide wach. Wir lagen auf dem taunassen Trampolin im Garten und aßen kalte Pizza. Es wurde hell, wir waren fast wieder nüchtern und lachten über dieselben Dinge. Nele war wunderschön. Nach ein paar Wochen nahm ich sie zum ersten Mal mit in Zekis Laden, wo ich seit Kurzem als Aushilfe arbeitete.

Zeki hat gesagt, sie habe mich nie geliebt und ihm sei klar gewesen, dass sie irgendwann gehen würde. Mir war es nicht klar. Obwohl es gewitterte, setzte sie sich in ihr Auto und fuhr einfach weg. Zeki sortierte die Gewürze, und als das Gewitter vorbei war, räumte er die Kerzen wieder in die Schublade.
Ich finde in den Schubladen keine Teelichter, dafür den Zeitungsausschnitt über unsere Abschlussfeier. Zeki hat mir nicht gesagt, dass er

den Artikel ausgeschnitten hat. Auf dem Foto steht Nele in der ersten Reihe zwischen ihren Freundinnen und lächelt. Ihr Kleid ist das schönste auf dem Bild, lang und dunkelblau. Die Farbe passt gut zu ihren braunen Locken. Wenn sie lacht, hat sie diese Falte zwischen Nase und Mund, die sie hasst und die ich liebe. Sie sieht stolz und entschlossen aus und wie jemand, den man nicht aufhalten kann. Als das Bild gemacht wurde, redete sie schon nicht mehr mit mir.
„Das macht es nur schwerer", hatte sie gesagt.
„Dass du weg willst, macht es schwer", sagte ich.
Aber sie hatte den Kopf geschüttelt, so als hätte sie recht. „Ich will kein langweiliges Leben", sagte sie.

Ich hatte sie mal gefragt, ob ich ihr Bild als Hintergrund auf meinem Smartphone einstellen dürfte, aber sie wollte das nicht. Wir saßen im Halbdunkeln auf ihrem Bett, standen aber nicht auf, um das Licht anzumachen. Unsere Hände tanzten diesen Tanz, bei dem sich unsere Finger verschränkten, voneinander lösten, unsere Fingerspitzen sich berührten. Wir spiegelten uns in dem dunklen Bildschirm des Fernsehers, klein und verzerrt. Ich sagte ihr, dass ich sie nie verlieren wolle. Nele sagte nichts.

Der Mann stellt die leere Coladose auf die Theke und verabschiedet sich. Es regnet schon schwächer. Mein Smartphone klingelt.
Zeki ruft an. „Hey Jonas. Ist alles in Ordnung? Gab es Stromausfall?"
„Nein, hat schon fast wieder aufgehört."
„Alles klar. Kannst dann so um neun zumachen, ja?"
„Ja."
Ich rauche und nehme mir vor, Zeki auf die Regenrinne anzusprechen. schütteln ihre nassen Kapuzen. Der Typ ist öfter hier, er kommt immer nach dem Fußballtraining mit ein paar Jungs. Aber er war noch nie mit einem Mädchen hier.

„Knoblauch oder Joghurtsoße?“, frage ich sie.
„Joghurt“, sagt sie, aber sie lässt den Typ nicht aus den Augen. Er nimmt zwei Dosen aus dem Kühlschrank und drückt sie ihr in die Hand. Ihre Finger berühren sich.
„Macht neun-vierzig“, sage ich. Ich wische die Pfützen der beiden auf und hoffe, dass es bald neun Uhr ist.
Einmal haben Nele und ich uns gestritten. Sie stand vorne im Laden und schrie mich an. Ich stand hinter der Gemüsetheke und machte irgendwas mit Schafskäse, er zerfiel ständig zwischen meinen Fingern.
„Wie kann es überhaupt sein, dass du mit dem Führerschein immer noch nicht fertig bist? Und wann willst du eigentlich fürs Abi lernen? Du kümmerst dich um gar nichts, was wichtig ist!“
Ich schrie zurück, sie doch auch nicht und dass sie für alles Zeit hatte, nur nicht für mich.
„Du solltest dir vielleicht noch mal für was anderes Zeit nehmen!“
Ich stellte mich an die Tür zum Hinterhof und rauchte und sagte nichts mehr.
„Alles, was ich will, ist, dass du irgendwas aus deinem Leben machst. Du musst doch irgendwas erreichen, Jonas. Trau dich doch mal was!“
Sie trat hinter mich und umarmte mich, drückte ihr Gesicht an meinen Rücken und sagte, dass es ihr leidtue, nur um mich dann wieder loszulassen. Das war kurz vor den schriftlichen Prüfungen.

Ich wische die Arbeitsflächen ab und stelle mir die Typen in Australien vor, die Nele Surfen beibringen und alle schon mal mit einem Krokodil gekämpft haben. Und Nele, die diese Typen anlächelt und mich nicht vermisst. Ich wette, sie mag in Wirklichkeit nicht mal Döner.

Das Paar geht, als es nicht mehr regnet. Sie nimmt seine Hand und zieht ihn aus der Tür. Er hebt die andere Hand zum Gruß in meine Richtung und ich nicke ihm zu. Ich sehe die beiden an der Straße stehen und sich gegenseitig die Soßenreste vom Kinn wischen. Ich schüttele den Kopf und schalte den Grill aus.

Als ich den Laden abschließe, haben das Weingeschäft und das Reisebüro nebenan schon lange geschlossen. Ich fahre mit dem Bus durch meine Stadt mit ihren Pfützen und ihren Menschen, die sich einen Schirm über den Kopf halten, obwohl es nicht mehr regnet. Vielleicht muss ich hier raus.

Anna Cijevschi kommt aus Gießen, ist 1997 geboren und besucht die Herderschule in Gießen.
Anna war bereits 2013 unter den Preisträgern.

„Ich sehe dich, es wird der Schmerz gelindert,
Ich fasse dich, das Streben wird gemindert.
Des Geistes Flutstrom ebbet nach und nach.
Ins hohe Meer werd ich hinausgewiesen
Die Spiegelflut erglänzt zu meinen Füßen.
Zu neuen Ufern lockt ein neuer Tag."
Johann Wolfgang von Goethe, Faust I

Anna Cijevschi

Meeresferne

Für meine Familie und Freunde. Danke für eure Unterstützung.

Meeresferne

Der kleine Zeiger meines Weckers nähert sich der Drei, und ich habe diese Nacht noch keine Minute geschlafen. Das Summen der Autos in der Ferne überlagert die vereinzelten Geräusche, die aus den Nachbarswohnungen durch die dünnen Wände an mein Ohr dringen. Es ist erstikkend heiß, das Bettlaken klebt an meinem Körper. Auch Mine verharrt in diesem Zustand des ruhelosen Dösens. Mal kugelt sie sich am Bettende zusammen, dann, wenn die Wärme unerträglich wird, streift sie wieder durch das kleine Zimmer.
Von draußen fällt ein Lichtstrahl auf den Schimmelfleck an der Decke. Den hätte ich schon längst überstreichen müssen. Ich drehe mich auf die andere Seite, damit ich ihn nicht mehr sehe. Ein seltsam nagendes Gefühl in meinem Bauch. Als hätte ich etwas vergessen; aber ich habe keinen Geburtstag verpasst, alle Hausarbeiten pünktlich abgegeben. Vielleicht ist es dieser Kerl, der mir in der Mensa gegenübergesessen hat. Vielleicht hat er es mir doch mehr angetan, als ich es gern hätte. Dabei sieht er nicht mal gut aus. Vielleicht hat es mir eigentlich nur sein Lächeln angetan. Dieselben Lachfältchen, dieselben Grübchen wie bei Max.

Max. Ich muss ihn sehen.

Im Dunkeln tappe ich zum Regal und ziehe die Kiste mit den Urlaubsfotos aus dem obersten Fach. Zurück im Bett, schalte ich die Nachttischlampe an.
Lara und ich im Pool. Max, wie er mich auf dem Schoß hält, ich, mit albernem Strohhut und Sonnenbrille. Das Meer, schäumend und tosend, meterhohe Wellen am Surferstrand. Ein Gecko in Laras Bett. Die Abschiedsparty, Sangria, frische Ananas. Und wieder das Meer, diesmal ruhig

daliegend, Nebelschwaden kündigen den Morgen an. Der ganze Urlaub war für mich orangefarben. Lara belächelte mich für meine Naivität. Ich fühlte mich unsterblich, unverwundbar. Und dann stand Max händchenhaltend mit dieser Aurélie vor mir.
Fast schon peinlich. Er war mein bester Freund, mein Beschützer, mein Begleiter. Trotzdem konnte ich den Gedanken nicht ertragen, dass er nun sein eigenes Mädchen hatte, das er auf eine andere Art wollte. Ich war sein Mädchen gewesen, verdammt. Ich. Wir waren uns genug gewesen. Seine Freundschaft war alles, was ich brauchte, und ich hatte angenommen, dass es ihm genauso ging. Aber dann hatte er mich einmal versetzt, zweimal versetzt, und irgendwann wollte ich auch keine Trostlimo mehr.

Wenn Menschen Landschaften wären, so wäre Max ein Regenwald. Rohstoffreich, glühend, in der Sonne flimmernd. Ich wäre eine Tundra, kühl und kaum besiedelt, mit hohem Gras und Gestrüpp. Aber tief unter der Erde läge Gold, nach dem man graben müsste. Max war einer der wenigen, die von diesem Gold wussten. Er sagte, ich könnte damit das ganze Land zum Glänzen bringen, wenn ich wollte. Aber mir war klar: Ich brauchte jemanden, der mir dabei half, und dieser Jemand war Max gewesen, schon immer, seit ich denken kann.

Ich kann nicht schlafen. Wenn ich so weitermache, habe ich bald Augenringe bis zum Kinn. Andererseits – es ist mir egal und meinen Nachbarn auch, und mehr Leute sehen mich zurzeit ohnehin nicht.

Ich möchte ans Meer, an den strahlend weißen Sandstrand zurück. Ich möchte die Fahrradtouren wiedererleben, bei denen wir mehr Zeit auf der Picknickdecke als auf dem Rad verbrachten.

Was mache ich eigentlich mit meinem Leben?

Mine beobachtet mich von der Fensterbank aus. Dann springt sie durch das halbe Zimmer auf mein Bett. Verrücktes Tier. Ich werfe die Fotos auf den Boden. Von den wichtigsten Momenten gibt es keine Aufnahmen, es gibt auch keine Kamera, die das einfangen könnte, was ich in diesen Augenblicken spürte. Sobald man weiß, dass man vor der Linse steht, wird die Fotomaske angelegt.
Max hat mich gelehrt: Wenn etwas gut genug war, genügt der innere Speicher. Wenn man sich im Nachhinein nicht daran erinnern kann, war es sowieso kein Foto wert. Aber Lara will alles dokumentieren, was sich von ihrer Routine unterscheidet; selbst ein gewagtes Outfit lichtet sie für gewöhnlich ab. Das ist der Grund, warum überhaupt Fotos existieren, die beweisen, dass die zwei Wochen Sommer, Sonne, Sangria Realität waren. Ginge es nach mir, wäre ich mit nichts weiter als einem Marmeladenglas Sand zurück in die Heimat geflogen. Max hätte nicht mal diesen Sand gebraucht.

Mine, schlaflos wie ich, streicht mir um die Füße. Ihre Krallen kratzen über die auf dem Boden ausgebreiteten Fotos. Der Wecker tickt und tickt und tickt. In der Wohnung unter mir brennt Licht; ich sehe, wie es sich im Fenster des Hauses gegenüber spiegelt. Auf dem Balkon unter meinem sitzt Maria und raucht. Ich tapse barfuß hinaus und mich fröstelt es, obwohl die Luft sommerwarm ist. Ich setze mich, ziehe meine nackten Beine an die Brust und zünde mir selbst eine Zigarette an.
Dann höre ich ihre Stimme von unten. „Du rauchst wieder."
Maria hat mich entdeckt. Ich schweige.
„Ich weiß, dass du mich hörst."
Der Stuhl quietscht, als ich mein Gewicht verlagere.
„Lass mich raten. Ein Kerl hat dich sitzen lassen?"
Es gibt nichts, was ich darauf antworten könnte.
„Und warum kannst du nicht schlafen?"

„Ach, ich weiß nicht. Meine Schicht fängt in einer Stunde an. Lohnt sich nicht mehr."
„Wie läuft die Bäckerei?"
„Das Übliche. Kaum Gewinn, die Praktikantin stellt sich ungeschickt an, und der Neue will schon wieder kündigen … Aber das ist jetzt egal. Schätzchen, ist es dieser Max?"
Ich drücke die Zigarette im Aschenbecher aus und stelle mir vor, dass der Stummel ein Hals ist. Aurélies Hals. Ich drücke noch fester zu. Ich muss schlafen, die Müdigkeit macht mich verrückt. Ich sehe nur noch die Sterne und das Licht in Marias Wohnzimmer.
Mir fällt ein, was sie mich gefragt hat, und ich zucke mit den Schultern.
„Er lebt jetzt mit Aurélie zusammen. Ich sehe ihn manchmal in der U-Bahn … Sie haben einen Hund, so einen kleinen wuscheligen. Dabei kann Max diese Miniaturhündchen nicht ausstehen."
„Ich verstehe … Hör mal, ich muss langsam los. Tut mir leid. Ich dachte … Na ja, also ich muss jetzt gehen. Bist du heute Abend zu Hause?"
Sie weiß genau, dass ich seit Tagen kaum die Wohnung verlassen habe und macht sich trotzdem die Mühe, zu fragen.
„Klar. Schönen Tag dir, Maria."
„Dir auch, mein Schatz."
Marias Balkontür fällt ins Schloss und ich falle ins Wasser und ertrinke.

Meine Beine tragen mich aus der Wohnung, die Treppe hinunter, durch den Hof, dann die Straße entlang. Plötzlich bin ich auf der Parallelstraße. Ich laufe durch das Licht der Straßenlaternen, mein Schatten dehnt sich jedes Mal und folgt mir. Die Steinchen unter meinen Füßen bohren sich in meine nackten Fersen, aber ich spüre sie kaum. Als ich den Park erreicht habe, fällt mir auf, dass Mine mir gefolgt ist. Zusammen laufen wir den Weg entlang, den kürzesten, der zu unserem Lieblingsort führt. Früher war ich mit Max hier. Schwüle Sommerluft, aber es muss geregnet

haben, denn das Laub im Park ist feucht. Es ist nicht mehr weit. Mine setzt eine Pfote vor die andere, trabt vor mir her. Auch ich beschleunige meinen Schritt.
Als ich den See zwischen den Bäumen sehe, überträgt sich seine Ruhe auf mich. Ich lasse mich am Ufer nieder, Mine kauert in sicherem Abstand zum Wasser neben mir. Wolken spiegeln sich im Wasser. Daneben der Mond, eine weiße Scheibe, die sich bei jedem Windstoß kräuselt. Mine starrt ihn an, als könnte er sie im nächsten Augenblick fressen. Ich schaue auf die dunklen Stellen im Wasser. Wie ein großes ruhiges Tier beobachtet es mich, scheint mich zu locken und gleichzeitig zu warnen.

Der See lässt mich an das Meer denken, nach dem ich mich so sehne und das mir gleichzeitig Unbehagen bereitet. Dieses Meer umgibt meine innere Tundra fast vollständig. Max' flimmernder Regenwald ist immer weiter von mir weggerückt, seit Aurélie da ist. Ich müsste das Meer durchschwimmen, um Max zu erreichen, aber ich habe Angst, zu versinken. Solange ich mich verzweifelt an die sich im Wind wiegenden Halme klammere, muss ich nicht schwimmen lernen, nicht tauchen und nicht untergehen.

Mine dreht den Kopf nach hinten, ich folge ihrer Bewegung, aber dort ist nichts. Das Wasser im See kräuselt sich erneut, kleine Wellen schlagen ans Ufer und ziehen sich wieder zurück. Im nächsten Moment berührt mich eine Hand an der Schulter. Ich schrecke zusammen und fahre herum. Verdammt, ich sitze nachts mitten in Berlin mutterseelenallein an einem See. Was habe ich mir dabei gedacht? Doch dann sehe ich ein vertrautes Gesicht. Da sind die sanften Augen, die honigblonden Fransen, die in die mit Sommersprossen gesprenkelte Stirn fallen. Das Lächeln und die verschmitzten Grübchen, zwei auf jeder Seite.

Ich spüre förmlich den Sprung, den mein Herz macht, und ich springe auf. Eine raue Hundezunge leckt über mein nacktes Bein. Max umarmt mich und wirbelt mich herum. Dann streckt er mich von sich weg und begutachtet meine seltsame Aufmachung. Weites T-Shirt, dazu eine Boxershorts. Meine Haare sind zu einem unordentlichen Zopf geflochten, das Haargummi habe ich verloren. „Gut siehst du aus“, versucht er es, aber im selben Augenblick bilden sich auch schon die Lachfältchen um seine Augen und wir lachen beide los.
Hinter mir höre ich ein Platschen; Mine faucht beleidigt auf, als Aurélies Köter in den See springt. Max bemerkt meinen Blick, grinst, und kurz darauf verliere ich selbst den Boden unter den Füßen.

Einen Moment lang scheint die Zeit stillzustehen. Meine Füße schweben durch die Luft, ich breite wie zum Flug meine Arme aus. Die Welt bewegt sich in Zeitlupe, doch meine Gedanken rasen. Ich stürze dem Wasser entgegen, und ich kann nichts anderes denken, als dass ich Max brauche, egal ob mit oder ohne Aurélie. Endlich schlagen die Wellen über mir zusammen, verschlingen mich, halten mich. Ich habe es geschafft. Das ist das Wasser, das Max' Land und mein Land verbindet. Unter Wasser finde ich Max' Hand und zusammen schwimmen wir dem Grund entgegen. Ich weiß, dass wir nicht untergehen.

Katharina Clauss kommt aus Lauterbach,
ist 1996 geboren und hat
die Alexander-von-Humboldt-Schule in Lauterbach besucht.
Jetzt studiert sie in Gießen.

„Wenn du dich ab und zu ausruhst, fällt dein Kopf nicht so leicht ab."
Peppermint Patty

Katharina Clauss

Drei Meilen bis zum Ende der Welt

Für meine Schwester.

Drei Meilen bis zum Ende der Welt

Es war einmal ein Knabe, dessen Familie zu arm war, um ihn zu ernähren. Eines Morgens kam seine Stiefmutter zu ihm und sprach: „Wir sind furchtbar arm. Geh in die Welt und suche dein Glück."
Doch weil sie tief in ihrem Herzen böse war, hoffte sie, dass er es nicht weit schaffen und umkommen würde. Der Vater gab dem Knaben heimlich ein Stückchen Brot, einen Taler, eine Wolljacke für den Winter und wünschte ihm viel Glück, denn er hatte ein wahrlich gutes Herz. Der Knabe trat hinaus, bereit, aufzubrechen und die Welt zu entdecken. Das Stückchen Brot hatte er in ein Tuch eingewickelt, seine Jacke mit dem Taler trug er über der Schulter. Doch er schwor sich, dass er als wohlhabender Mann zurückkäme, um seinen Vater aus dem Elend zu befreien.

Zu derselben Zeit war dem König des Landes, König Diesel dem Hundertzweiten, etwas Schreckliches passiert: Seine einzige und innig geliebte Tochter war verschwunden.
Er hatte sie im ganzen Schloss suchen lassen, treppauf, treppab, gangauf und gangab, vom Verlies bis hoch zum astronomischen Turm und hatte mit königlichem Entsetzen feststellen müssen, dass sie recht wahrscheinlich entführt worden war. Seine liebreizende Tochter, die elfte Prinzessin des Dieselkönigreichs, Prinzessin Miranda Felia Susan Cleo von Diesel. Deshalb schickte er Dienstboten in alle Teile des Landes, die verkündeten, dass derjenige, der die Prinzessin finden und retten würde, sie zur Frau nehmen dürfte.

Diese Nachricht des trauernden Königs erreichte auch den Knaben, der daraufhin beschloss, es mal zu versuchen. Schließlich bekam nicht jeder die Gelegenheit, eine Prinzessin zu retten.

Als er so seines Weges ging, kam er an einer Tankstelle vorbei, die einsam und verlassen neben der Straße lag. Nur ein einzelner Mann in Uniform lehnte an einer Zapfsäule und las Zeitung.
Der Knabe ging auf ihn zu und fragte: „Herr, was steht Ihr hier herum und warum ist niemand hier?“
Der Mann sah ihn betrübt an. „An meiner Tankstelle war schon lange nichts mehr los. Anscheinend ist das neue Wirtschaftsmodell mit den Meilenpunkten von König Diesel doch nicht so erfolgreich. Der einzige Kunde seit Wochen kam heute Morgen, eine komische alte Frau. Wollte unbedingt einen neuen Besen haben und dann auch noch das billigste Modell. Schlechte Wahl, wenn du mich fragst.“
Der Mann seufzte und knickte verlegen eine Ecke der Zeitung hin und her. „Keine Kundschaft, kein Geld, kein Essen. Schon gestern ist mein letztes Stück Brot zur Neige gegangen.“
Der Knabe hatte Mitleid und gab dem Mann sein Stückchen Brot.
„Vielen, vielen Dank.“ Ehrfürchtig nahm der Mann das Stückchen Brot entgegen. „Und wo will ein so junger Mann wie du hin?“
Da erzählte der Knabe ihm von seinem Vorhaben, die Königstochter zu befreien, während der Mann etwas von dem Brot abbiss.
„Wisst Ihr, wo sie ist?“, fragte der Knabe.
„Wie es der Zufall so will, ja natürlich. Sie ist am Ende der Welt bei der bösen Hexe gefangen“, sprach der Tankstellenbesitzer kauend.
„Die böse Hexe, die wenige Zähne hat und mit Tieren spricht?“
„Genau, es gibt doch nur die eine.“ Er senkte die Stimme. „Hüte dich vor der Hexe, sie kennt keine Gnade und der Weg ist nicht ungefährlich.“
„Woher wisst Ihr das?“ Der Knabe war beeindruckt.
„Steht alles hier drin.“ Der Tankstellenbesitzer tippte auf seine Zeitung. „Und unsere schöne Prinzessin hat die ganze Titelseite bekommen.“
„Und warum versucht Ihr nicht, sie zu retten?“
Erstaunt sah der Mann den Knaben an. „Ich kann hier nicht weg. Was, wenn jemand hier vorbeikommt, während ich nicht da bin?“

„Wie weit ist es bis zum Ende der Welt?“, erkundigte sich der Knabe und rückte die Wolljacke auf seiner Schulter zurecht.
„Ungefähr drei Meilen“, antwortete der Mann.
Der Knabe runzelte die Stirn. Wie sollte er dort bloß hinkommen?
Der Tankstellenbesitzer bemerkte seinen ratlosen Blick und lächelte.
„Du hast mir das Stückchen Brot gegeben, also schenke ich dir diesen flotten Besen.“ Er reichte dem Knaben einen Besen, so schwarz wie Ebenholz.
„Das ist das neueste Modell. Fliegt mit Diesel. Aber leider ist ja niemand hier, der ihn kaufen könnte. Also gehört er jetzt dir! Was mein Boss nicht weiß, macht ihn nicht heiß.“
Der Knabe verneigte und bedankte sich, setzte sich auf den Besen und flog davon.

Die Luft sauste an seinen Ohren vorbei und seine Haare wehten im Flugwind. Hier oben war es ganz schön kalt.
Genau nach einer Meile ging dem Besen der Diesel aus. Der Knabe musste landen, da entdeckte er auch schon eine zweite Tankstelle. Die lag ja geradezu perfekt. Davor saß ein Mann, und als der Junge sah, wie arm und abgemagert er war, schenkte er ihm seinen Taler. Schließlich hatte er später noch genug Zeit, reich zu werden.
„Wow. Diesel … das neueste Modell. Nicht schlecht, Junge.“ Der Mann grinste, wobei er eine Zahnlücke entblößte.
„Gehört die Tankstelle Ihnen?“ Der Knabe deutete auf die Zapfsäulen.
„Ja, aber es war schon lange niemand mehr hier, um zu tanken“, erzählte der Mann. „Nur eine schrumpelige Alte, die rumgeschimpft hat, dass das Benzin mal wieder viel zu teuer ist.“
„Können Sie mir sagen, warum meinem Besen schon nach einer Meile der Saft ausgegangen ist?“, fragte der Knabe.

Der Mann hob den Kopf. „Das ist unsere Verkaufsstrategie. Du kannst mit deinem Besen immer nur eine Meile fliegen, dann ist der Treibstoff alle, aber jede Meile gibt es eine Tankstelle und Meilenpunkte. Bei zehn Meilenpunkten gibt's Meiers Bospemi gratis."
„Bospe … was?"
„Meiers Borstenspezialmittel gegen Borstenverholzung inklusive Oberflächenlack gegen Kratzspuren." Er räusperte sich. „Doch sage mir, was macht ein Knabe wie du hier in dieser Einöde?"
Daraufhin erzählte der Knabe ihm von seinen Plänen und der Tankwart reichte ihm ein rotes, glänzendes Etwas.
„Nimm diesen Universal-Schweizer-Schlossöffner", raunte er verschwörerisch. „Falls die Hexe dich einschließt, so kannst du damit alle Türen öffnen. Aber denk daran: Nur dreimal ist das Glück dir hold. Also denke gut nach, bevor du ihn benutzt."
„Wieder so eine Verkaufsstrategie?", fragte der Knabe und der Mann lächelte.
„Du hast das Prinzip gut verstanden, Junge. Aus dir wird noch ein großer Geschäftsmann werden."
„Aber erst muss ich die Prinzessin retten." Der Knabe dankte ihm, und nachdem er auch noch umsonst tanken durfte, flog er die nächste Meile.

Vor der dritten Tankstelle traf er eine alte Frau.
Der Knabe wollte tanken, hatte jedoch kein Geld mehr. Der einzige Taler war verschenkt.
„Mir ist kalt." Die Alte sah ihn mit zusammengekniffenen Augen an. „Du könntest mir deine Wolljacke geben."
So gab er ihr seine Wolljacke und erzählte auch ihr von seinem Vorhaben.
„Das ist doch alles Schwachsinn … Hat die Hexe wirklich die ganze Titelseite bekommen?" Die Alte runzelte die Stirn, dann nickte sie

zufrieden. „Aber du, mein Sohn, siehst durstig aus. Möchtest du zu mir kommen, zum Tee?“
Der Knabe dankte ihr. Er sah keinen Sinn darin, der Alten zu erzählen, dass nicht die Hexe, sondern die Prinzessin die ganze Titelseite bekommen hatte. Außerdem hatte er Durst, und so machte er sich mit der alten Frau auf den Weg. Es dauerte nicht lange, dann kamen sie zu einem Häuschen, das über und über mit Lebkuchen und Zuckerguss bedeckt war. Große Zuckerperlen verzierten das Dach und ließen es bunt erscheinen.
„Mein bescheidenes Heim.“ Sie ließ ihn eintreten und begann sofort, Tee zu kochen. Doch als er seine Hilfe anbot, lehnte sie ab. „Das schaffe ich schon.“
Gerade, als er ins Wohnzimmer gehen wollte, sah er, wie die Alte ein kleines Fläschchen aus einem Schrank holte und eine schwarze Flüssigkeit in eine der beiden Teetassen träufelte. Ein kleiner Totenkopf formte sich über der Tasse, verpuffte aber schon im nächsten Moment. Schnell setzte sich der Knabe auf ein altes Sofa, das unter seinem Gewicht ächzte und etwas einsank. Als die Alte zu ihm ins Wohnzimmer kam, stellte sie eine dampfende Tasse vor ihn auf einen kleinen Tisch und ihre Tasse daneben.
„Entschuldigung, könnte ich noch Zucker haben?“, fragte der Knabe.
„Sicher.“ Sie griff nach der Zuckerdose und ließ ein Zuckerwürfelchen in seinen Tee fallen.
„Und … ähm … noch etwas Sahne?“ Hoffnungsvoll sah er sie an.
Die Alte sah überrascht auf. „Natürlich.“ Sie ging zurück in die Küche. Blitzschnell tauschte der Knabe die beiden Tassen aus, ohne zu kleckern und setzte ein Lächeln auf, als die Alte zurückkam.
„Vielen Dank.“ Er goss sich etwas Sahne in den Tee und nahm ein paar Schlucke. Es schmeckte nicht schlecht.
Die Alte schlürfte ihren Tee, wobei sie ihn nicht aus den Augen ließ. Als beide ausgetrunken hatten, lachte sie plötzlich auf. Es war ein grausames und kaltes Lachen.

„So, dein Traum, die Prinzessin zu retten, hat sich ausgeträumt.“ Triumphierend sah sie ihn an und rieb sich die Hände.
Der Knabe gab sich verwundert. „Wieso ausgeträumt?“
„Ich habe Gift in den Tee gemischt, er wirkt genau in einer Stunde und genau in einer Stunde …“, sie holte eine Fernbedienung aus ihrer Tasche und drückte auf einen roten Knopf direkt in der Mitte, „wird auch die Prinzessin ein Ende finden. Sie wird in die Hölle fallen, da, wo sie hingehört. Vielleicht senkt ihr Vater dann die Benzinpreise!“
Die Alte lachte schaurig. Sie strotzte vor Stolz über ihren Plan, und der Knabe fragte sich im Stillen, ob sie von ihm ein Lob erwartete.
Da packte ihn die Alte, schubste ihn in ein kleines Zimmer mit vergittertem Fenster und schloss ihn ein.
„Hier wirst du sterben.“
Er hörte, wie sie mehrere Riegel vor die Tür schob, während sie höhnisch lachte.
Der Knabe saß auf dem Boden und sah verzweifelt zur Tür. Wie sollte er hier bloß je wieder rauskommen? Wenigstens war er dem Gift der Hexe entkommen. Aber wenn sie in einer Stunde sterben sollte, würde er hier elendig verhungern und auch die Prinzessin würde sterben. Er war seinem Ziel so nah und doch so fern. Zudem zog es hier gewaltig durch das zersplitterte Fensterglas und er fröstelte. Wenigstens hätte sie ihn in ein Zimmer mit doppelverglastem Fenster stecken können. Da fiel ihm der Universal-Schweizer-Schlossöffner ein. Er zog ihn aus seiner Tasche und versuchte die Tür zu öffnen. Es dauerte nicht lange, dann sprang sie auf.
Der Knabe schlich sich vors Haus. Dort stand gerade die Hexe am brennenden Ofen und legte neues Holz nach.
„Morgen wird es einen Festschmaus geben. Zur Feier des Todes der Prinzessin und des Knaben.“

Begeistert stapelte sie mehr und mehr Holz in den Ofen, bis das Feuer richtig hoch loderte.
Der Knabe schlich sich zurück in ihr Haus und sah sich suchend um. Er entdeckte seinen Besen, der mit einem Hochsicherheitsschloss an die Wand gekettet war. Daneben standen zwei Holzfässer, bis obenhin gefüllt mit Benzin. Er zückte den Schlossöffner, öffnete das Schloss, schnappte den Besen und füllte den Stiel randvoll mit Diesel. Dann startete er, schwang sich auf den Besen, stieß sich ab und schoss aus dem Pfefferkuchenhaus.
Die Hexe schrie wütend auf, packte ihren Besen, der an der Wand lehnte, und hob bereits ab, bevor sie richtig draufgesprungen war.
„Wenn die Prinzessin in die Hölle fallen soll, muss ich nur nach Flammen Ausschau halten“, überlegte der Knabe, denn er war gar klug. Und tatsächlich: Weit hinter dem Wald konnte er ein rotes Flackern entdecken. Sofort lenkte er seinen Besen in diese Richtung und blickte kurz zurück. Die Hexe war dicht hinter ihm, mit flatternden Haaren und einem hassverzerrten Gesicht, das die mutigsten Männer in die Flucht geschlagen hätte. Der Knabe lehnte sich nach vorne und gab Gas. Die Hexe streckte schon ihre dürre Hand nach ihm aus, als sein Besen ruckartig beschleunigte.
Der eisige Wind pfiff dem Knaben um die Ohren und er ärgerte sich, dass er der Hexe seine Wolljacke gegeben hatte. Hinter sich hörte er das Knattern des Hexenbesens, doch er hängte seine Verfolgerin langsam aber sicher ab.
„Die kleine Kröte fliegt das neueste Modell mit Diesel“, schrie die Hexe außer sich vor Wut, als sie die zunehmende Distanz bemerkte. „Das wird der Tankwart mir büßen.“

Es wurde immer wärmer und schon bald sah der Knabe am Rande eines Abgrunds, aus dem Feuer loderte, eine steinerne Ruine. Das war der Rand der Welt.

Mittlerweile war es fast unerträglich warm geworden, so nah war er bereits der heißen Glut. Nur schwer konnte der Knabe Einzelheiten erkennen, als er sich mit atemberaubender Geschwindigkeit der Ruine näherte, deren Steine an der Seite, wo sie in die Hölle hineinragten, schwach glühten. Langsam begann der Besen des Knaben zu stottern, da ihm erneut der Diesel ausgegangen war. So gelang es ihm gerade noch zu landen, denn er war gar geschickt und stürmte auf die Prinzessin zu. Die Prinzessin hing mit einem Seil um den Körper geschlungen gleich neben dem Abgrund. Das Seil war um eine Steinfratze einer Restmauer geschlungen, die über den Abgrund hinausragte. An dem Seil war ein Sprengsatz mit einer Uhr befestigt. Die Arme der Prinzessin waren am Rücken gefesselt. Ein Schuh war ihr vom Fuß gefallen und lag am Rand des Abgrunds, sonst schien ihr nichts zu fehlen, nur ihre Haare waren leicht zerzaust.
„Alles in Ordnung, Eure Hoheit?“, rief der Knabe.
„Ja, schon.“ Sie versuchte, ihm in die Augen zu sehen, was dadurch erschwert wurde, dass sie sich stetig im Kreis drehte.
„Habt Ihr denn keine Angst?“, wollte der Knabe verblüfft wissen.
„Ich bin eine Prinzessin“, antwortete sie. „Prinzessinnen werden immer gerettet.“
Plötzlich hörte der junge Knabe ein leises Ticken und mit Entsetzen stellte er fest, dass die Zeit bis zur Explosion fast abgelaufen war. Es blieb nur noch eine Minute.
Der Knabe fasste die Prinzessin an ihren Beinen, zog sie zu sich heran und versuchte, den Knoten zu lösen.
Noch vierzig Sekunden. Der Knoten saß fest.
Dreißig.
Das Gewicht der Prinzessin zog den Knoten weiter zusammen.
Zwanzig.
Er hob sie an. Das Seil hing durch. Er lockerte den Knoten.
„Ziemlich warm hier, nicht?“, fragte die Prinzessin, doch der Knabe war zu konzentriert, um ihr zu antworten.

Noch fünf Sekunden.
Er löste den Knoten vollends, schloss die Prinzessin in seine Arme und trug sie schnell vom Abgrund weg.
„Vielen Dank, dass du mich gerettet hast." Die Prinzessin umarmte ihn.
„Ich konnte dich doch nicht einfach sterben lassen."
Die Prinzessin strahlte ihn an. Der Knabe strahlte zurück.
„Willst du mich heiraten?"
„Unbedingt!" Sie fiel ihm um den Hals.
„Tut mir leid, euer romantisches Treffen beenden zu müssen. Schlechte Nachrichten: Ihr werdet beide sterben!" Die Hexe stand mit ihrem Besen in der Hand vor ihnen. Ihre Frisur sah zum Fürchten aus, überall steckten Zweige in ihren Haaren, und der Besen bestand fast nur noch aus dem Stiel.
„Wohl kein Meiers Borstenspezialmittel gegen Borstenverholzung inklusive Oberflächenlack gehabt?", fragte der Knabe gar frech.
„Eure Zeit ist abgelaufen. Dich stoße ich persönlich in die Hölle!" Die Hexe starrte die Prinzessin boshaft an und wandte sich an den Knaben.
„Noch ein paar Sekunden, dann tut das Gift seine Wirkung und du wirst sterben."
Die Prinzessin schaute entsetzt, doch der Knabe drückte sie an sich.
„Werde ich nicht, denn du hast den vergifteten Tee getrunken."
„Was sagst du da?" Wütend stürzte die Hexe auf ihn zu, doch da fasste sie sich erst an den Bauch und dann an den Hals. Sie wankte und streckte ihre dürre Hand aus. Langsam sank sie in die Knie, kippte um und rührte sich nicht mehr. Erleichtert atmete der Knabe aus.
„Zum Glück ist sie tot."
„Ich glaube nicht", murmelte die Prinzessin, die sich immer noch an ihn klammerte. „Ich habe mal gelesen, dass Hexen eine so hohe Körpertemperatur haben, dass das Gift verdampft und durch die Haut ausgeatmet wird."

Ungläubig sah der Knabe sie an.
Plötzlich runzelte er die Stirn und sah zu der Bombe hinüber, die immer noch vor sich hin tickte.
„Warum ist die denn nicht explodiert?“ Er nahm die Prinzessin auf den linken Arm und hob seinen Besen vom Boden auf.
„Ich habe mal ein Buch über Bomben und so gelesen“, sagte die Prinzessin, während sie von dem Knaben nach draußen getragen wurde. „Ein Kapitel behandelte die Entschärfung einer Bombe, ohne hinzusehen und mit beiden Händen auf dem Rücken gefesselt zu sein.“
„Und das hast du hinbekommen?“, fragte der Knabe beeindruckt.
„Ich bin eine Prinzessin“, antwortete sie.

Da seinem Besen ja der Diesel ausgegangen war, trug der Knabe die Prinzessin den langen Weg zum Schloss. So hatte er genügend Zeit, seine zukünftige Braut kennenzulernen. König von Diesel der Hundertzweite war überglücklich, seine Tochter wiederzuhaben, und ließ sogleich das gar größte Hochzeitsfest organisieren, das im Dieselkönigreich je gefeiert worden war. Sie feierten eine ganze Woche und einen Tag, bis die Prinzessin und der frischgebackene Prinz, der nun Prinz von Diesel der Elfte hieß, schließlich müde, aber glücklich in ihr königliches Doppelbett fielen.

Am nächsten Morgen wollte der Knabe unbedingt seinen Vater zu sich ins Schloss holen, also ließ er ein paar Diener eine Kutsche anspannen und fuhr mit seiner Gemahlin zu seinem Haus. Er trat ein und sah seine Stiefmutter am Tisch sitzen und essen. Als sie ihn erblickte, wurde sie ganz blass.
„Das kann nicht sein, du müsstest mausetot sein.“
„Ich lebe noch, und das habe ich dir garantiert nicht zu verdanken“, antwortete der Knabe.

Da bekam die Stiefmutter Angst, rannte so schnell sie konnte davon und ward nimmermehr gesehen.
Der Knabe fand seinen Vater. Er war zutiefst unglücklich, da er dachte, dass er seinen geliebten Sohn in den Tod geschickt hatte. Zusammen kehrten sie zum Schloss zurück, doch das Herz des Vaters blieb verschlossen und der Prinz konnte nicht mit ansehen, wie er litt.
Doch er hatte eine Idee. Er ging zu ihm und sprach: „Ich will dich heilen, Vater.“ Mit diesen Worten nahm er seinen Universal-Schweizer-Schlossöffner und öffnete damit das Herz des Vaters, woraufhin der Schlossöffner zerbrach.
Damit verschwanden Kummer und Leid vom Herzen des Vaters und er wurde wieder glücklich. Der Prinz und die Prinzessin lebten viele Jahre und regierten das Dieselkönigreich gerecht und glücklich. Doch ihre Lieblingsbeschäftigung war es, auf einem Besen über ihr Land zu fliegen.
Und wenn sie nicht gestorben sind, und der Zufall es so will, könnt ihr sie vielleicht am Himmel entdecken.
Aber was mit der Hexe wirklich geschah, wollt ihr bestimmt nicht wissen.

Tatjana Cyrulnikov kommt aus Altenstadt, ist 1996 geboren und besucht die Gesamtschule Konradsdorf.

„Ein guter Anfang braucht Begeisterung,
ein gutes Ende Disziplin.“
Prof. Dr. Hans-Jürgen Quadbeck-Seeger

Tatjana Cyrulnikov

Es tut mir leid

Für jeden, der mir lieb ist.

Es tut mir leid

„Es tut mir leid."
Vier Wörter. Zwölf Buchstaben. Nicht mehr und nicht weniger. Jedes Mal sind es diese vier Wörter. Nur diese vier. Keine anderen. Ich weiß noch, wie wir uns zum ersten Mal trafen. Ich erinnere mich daran, als ob es gestern gewesen wäre. Du standest da, allein. Ganz allein.
Das bist du heute noch.
Der Spielplatz war voller Kinder, Lachen und Rufen, nichts Ungewöhnliches. Ich wurde an diesem Tag acht Jahre alt. Du warst sechs. Du hattest diese traurigen Augen. Ich ging zu dir und sagte: „Hallo." Du hast mich verwundert angeblickt. Du hast dich wohl gefragt, wieso ich dich angesprochen habe. Doch dann hattest du ein Lächeln auf den Lippen. Kein großes, aber ein strahlendes. Ich musste mitlächeln. An diesem sonnigen Maitag hat alles angefangen. Wir wurden Freunde, sogar richtig gute.

„Es tut mir leid."
Das sagst du immer. Ich kann mich an dein erstes „Es tut mir leid" erinnern. Wir spielten zusammen, es war derselbe Spielplatz. Doch ein ganz anderer Tag, ein regnerischer. Alles war grau. Das Gras, der Sand, sogar die rote Schaukel. Uns war das egal. Ich wollte die grüne Schaufel haben. Ich mochte diese Farbe. Nicht wegen der Farbe selbst, sondern deinetwegen, wegen deiner grünen Augen. Du wolltest mir die Schaufel nicht geben.
„Warte noch ein bisschen, ich bin fast fertig."
Ich hatte keine Geduld. Also habe ich mir die Schaufel einfach genommen. Dabei habe ich deine Burg zum Einsturz gebracht. Die halbfertige Burg, die du für mich gebaut hattest. Du wurdest wütend und hast mich geschubst. Ich bin zur Seite weggerutscht und habe mir den Kopf gestoßen.

Es tat weh, mir kamen die Tränen, und du hast mich umarmt und geflüstert, wie leid es dir täte.
Der Tag endete grau.

„Es tut mir leid."
Ich habe dir verziehen. Wie jedes Mal. Du mochtest es nicht, wenn ich bei anderen war. Du wolltest mich für dich allein haben. Das willst du wohl immer noch.
Ich habe mein Abitur gemacht, du die Realschule beendet. Du hast viel gelernt, nach deinem Abschluss wolltest du noch aufs Gymnasium. Du wolltest auf meine Schule. Obwohl ich diese nicht mehr besucht hätte. Das war dir egal.
„Es reicht mir, dass du dort gewesen bist."
Ich habe gelacht, du meintest es aber so.
Damals hatte ich diesen einen Freund. Du mochtest ihn nicht. Er mochte dich nicht. Er hat dich für einen schlechten Umgang gehalten, du ihn. Ich habe ihn für dich vernachlässigt. Du warst aber immer noch unzufrieden. Ich wollte dich zur Rede stellen, ich wollte wissen, was mit dir los war. Du hast mich angeschrien.
„Es geht nicht um mich, es geht um ihn!"
Ich habe dich nicht verstanden. Das hat dich noch mehr aufgebracht.
Ich habe nur deine Augen gesehen. Deine Hand holte aus. Dann spürte ich den Schmerz. Es wurde still, in diesem Moment war alles still. Ich habe nicht einmal meine Tränen bemerkt. Du wolltest sie mir wegwischen, ich bin vor dir zurückgeschreckt. Ich hatte Angst, aber du hast mich umarmt und geflüstert, wie leid es dir doch täte.

„Es tut mir leid."
Wir sind zusammengezogen. Wir haben lange gesucht. Wir haben eine Wohnung gefunden.

Du hast die Wände unserer gemeinsamen Wohnung gestrichen, ich habe dir geholfen. Wir hatten Spaß, haben viel gelacht. In der ersten Nacht haben wir auf der bloßen Matratze geschlafen. Du lagst neben mir. Körper an Körper. Ich habe mich so sicher gefühlt. Das tue ich heute auch noch, mich sicher fühlen, aber nicht mehr so oft wie damals.
Ich wollte feiern. Anstoßen. Auf unsere Wohnung, auf uns. Du wolltest nicht. Ich bin trotzdem ausgegangen. Mit Freunden. Ich habe getrunken, ein bisschen zu viel vielleicht. Ich kam mehr torkelnd als gehend nach Hause. Den Alkohol, den Zigarettenrauch konntest du von Weitem riechen. Du mochtest es nicht, natürlich nicht. Es hat dich an schlechte Zeiten erinnert.
„Hattest du deinen Spaß?“
„Und wie ich ihn hatte.“
Ich habe gelacht. Deine Augen. Ein Schlag. Ich lag auf dem Boden. Auf unserem gemeinsamen Boden. Der Alkohol hat den Schmerz gedämpft, es war fast, als ob du es niemals getan hättest.
Du hast mich umarmt und geflüstert, wie leid es dir täte.
Ich trinke jetzt keinen Alkohol mehr. Mit dem Rauchen habe ich auch aufgehört.

„Es wird nicht wieder vorkommen.“
Du hast aufgehört, dich zu entschuldigen. Das brauchst du auch gar nicht mehr. Ich verteidige dich. Du hattest bloß einen harten Tag. Ich habe dich bestimmt provoziert. Du bist immer noch der Mann, den ich will. Ich finde Satz um Satz, der dich entschuldigt. Stein um Stein baue ich eine Mauer.
Wenn du sagst: „Es wird nicht wieder vorkommen“, nicke ich nur.
Du lachst und küsst mich.

Es dauert lange, bis ich die Mauer verstehe. Sie ist nicht nur deine Verteidigung, sie nimmt mir auch das Licht.

Du sagst nichts, du starrst mich bloß an. Du wirkst kontrolliert, sonst bist du launisch und laut. Fühlst du dich von mir verraten? Du gehst einen Schritt auf mich zu, ich zwei zurück. Ich kann es praktisch hören, wie meine Mauer bricht. Ein Knacken, ein Reißen. Ich möchte etwas sagen, doch ich weiß nicht, was. Dann sagst du etwas.

„Bleib bei mir, bitte."

Das hört sich nach keiner Bitte an.

Ich kann wieder klar denken. Meine Freunde haben mir immer gesagt: Hab keine Angst. Stein um Stein. Du bist stark. Meine Freunde, ich habe keine mehr. Du wolltest das nicht. Stein um Stein.

Ein weiterer Riss, ein größerer. „Nein, werde ich nicht."

Du lachst nicht, du küsst mich nicht und flüsterst auch nicht, wie leid es dir tut.

Elisa Katrin Fuchs kommt aus Nidda, ist 1998 geboren und besucht das Gymnasium in Nidda.

„Das Ticken der Uhr scheinen Mäuse zu sein, die die Zeit anknabbern.“
Alphonse Allais

Elisa Katrin Fuchs

Himmel

Für meinen Papa.

Himmel

Kerzen sind etwas sehr Schönes. Und Streichhölzer auch. Sie duften nach Wohlfühlen und Freude. Meine Mama sagt immer, ich soll keine Kerzen anzünden, aber ich höre nicht auf sie, und manchmal habe ich deswegen ein schlechtes Gewissen. Aber ich habe mich noch nie verbrannt und passe auf, dass ich meinen Brummbären nicht abfackle. Meine Holzeisenbahn, das Puppenbett und die Puppenkleider haben auch noch nie geschmort. Überhaupt, das ganze Spielzeug von Weihnachten und Ostern und Geburtstag und wieder von vorn. Meine Mama will, dass es mir gut geht, deshalb schenkt sie mir so viel. Weil ich doch so oft zu Hause in der Villa sein muss. Papa ist arbeiten, Mama ist arbeiten, und in den Kindergarten darf ich nicht.

Das liegt an meinem Immunsystem, hat mir Mama erklärt. Die guten Bakterien machen ihre Arbeit nicht richtig. Deshalb gewinnen immer die bösen mit den fiesen Augenbrauen und den riesigen Zähnen. Diese Bakterien sind auch auf der Verpackung von meiner Medizin abgebildet. Immer wenn ich einen Teelöffel davon genommen habe, darf ich eine Bakterie aus der Pappe rausdrücken. Die ist dann tot – endlich eine hässliche Fratze weniger, die mich anglotzt. Doch die Bösen scheinen schon abgehärtet zu sein, und der Saft tut ihnen nichts mehr an, also bin ich weiterhin müde und schlapp. Ich muss ganz viel schlafen, und wenn ich wach bin, soll ich spielen. Mit den Puppen und den Tieren und der Eisenbahn.

Aber ich sitze lieber vor meiner Kerze und warte. Sie ist schon auf die Hälfte geschrumpft. Abwechselnd schaue ich von der Flamme zum Fenster und wieder zurück. Hinter der Scheibe regnet und blitzt es ganz fürchterlich. Meine Mama wird sich verspäten, denn sie setzt keinen Fuß nach draußen, wenn es auch nur ein bisschen grollt. Eigentlich soll ich zu

Renate in die Küche gehen, sobald es gewittert, doch ich habe nicht so viel Angst vor Gewitter wie meine Mama.
Außerdem hat Jesus gesagt, ich müsse mich nicht fürchten, er würde kommen, wenn die Kerze halb abgebrannt ist. Und was Jesus verspricht, hält er auch. Nur mit der Pünktlichkeit nimmt er es nicht so genau. Also bleibe ich oben.

Dann klopft es an der Scheibe, zwei strahlende Augen in einem lachenden, kleinen Gesicht blicken mich an. Ganz schnell springe ich auf und öffne die Balkontür. „Lass uns spielen", sagt Jesus. Das Donnern wird noch lauter und innerhalb weniger Sekunden bin ich pitschnass. Ich lache, weil Jesus auch lacht, und dann legt er seinen Finger auf den Mund: „Psst!" Ich höre meinen Herzschlag, so still ist es plötzlich, aber gleich darauf ruft Jesus: „Weiter!", und schon beginnt der Himmel wieder, Lärm zu machen. Niemand außer uns hat die kurze Stille bemerkt. Der Wind rüttelt an den hohen Bäumen in unserem Garten.

Jesus, mein Freund, ist nur einen Kopf größer als ich und hat trotzdem alles im Griff. Ich strecke meine Arme nach ihm aus. „Mir ist kalt. Raus aus dem Regen", sagt er und nimmt meine Hände.

Ich blinzele und schon stehe ich mit Jesus auf einer Wiese, weit weg vom Balkon, wo es so stürmt. Meine Arme fühlen sich stark an und mit meinen Beinen könnte ich über Häuser springen. Mir ist weder zu heiß noch zu kalt.
„Wer zuerst am Fluss ist, hat gewonnen!" Wir laufen los, über das saftige, grüne Gras. Dann erreichen wir einen Hang, und ohne zu zögern rollen wir ihn hinunter. Vor dem Fluss bleiben wir kichernd liegen. Mein Kleid ist immer noch weiß, hat keinen einzigen Grasfleck. „Das muss ich meiner Mama erzählen, Jesus. Das würde ihr gefallen, so ein Kleid, das nie dreckig wird."

Jesus geht über den Fluss. Ich folge ihm, es fühlt sich lustig an. *Patsch! Patsch!* macht es unter meinen Füßen. Auf der anderen Uferseite beginnt der Wald.

„Komm, wir suchen uns den besten Baum aus. Wir können ihn hochklettern und herausfinden, wie weit wir schauen können“, schlage ich vor.

„Gute Idee. Aber welchen wollen wir nehmen?“

„Den hier? Hauptsache, wir bleiben zusammen.“

Der Baum hat viele Äste, breite und schmale. Manche sind so breit, dass wir auf ihnen entlangrennen können. Über andere kriechen wir. Und dann sind wir oben.

„Wusstest du schon? Du kannst auch fliegen“, sagt Jesus. „Du musst deine Arme weit von dir strecken, guck! Ich mach's dir vor. Und dann rennst du ganz schnell auf den Blättern, bis du abhebst.“

Ich will losrennen, aber Jesus bleibt auf dem Ast sitzen.

„Und du?“, frage ich ihn.

„Ich komme mit dir. Du siehst mich nicht, aber ich bin genauso bei dir wie jetzt auch.“

Also schließe ich meine Augen und gehe immer schneller, zuerst auf den Blättern, dann in der Luft. Ich kreische vor Freude. Der Wind lässt meine Haare flattern. Fliegen fühlt sich besser an als in meinen Träumen.

Ich öffne meine Augen. Nun liegt meine Hand auf meinem braunen Wintermantel, dabei kann ich mich gar nicht erinnern, ihn angezogen zu haben. Zwischen meinen Fingern fühle ich etwas Kleines, Rundes. Ich trage die wasserdichten Stiefel, was nützlich ist, weil der Himmel tonnenweise seine Vorräte leert. Eine Weile sitze ich still im Regen, das runde Etwas betastend, bis ich einen Menschen neben mir bemerke. Er sitzt auf einer Parkbank. Es ist die gleiche, auf der auch ich sitze. Mein Kopf scheint nicht arbeiten zu wollen. Der Mensch ist ein Mann und sieht alt aus. Er starrt mich an.

„Ich wollte Sie nicht erschrecken. Wo bin ich hier?“ Er nennt mir stammelnd den Straßennamen, den Mama sagt, wenn sie jemandem unsere Adresse gibt.

„Ach so, dann sind wir in dem Park am Ende von unserer Straße. Dankeschön, viele Grüße von Jesus“, rufe ich und lege dem Mann das kugelige Ding in den Schoß. Es ist eine goldene Brosche.
Vielleicht hat mich der frische Regen aufgeweckt, jetzt habe ich jedenfalls ein Ziel: Zuhause. Ich laufe die Straße hoch.

Lärm von Sirenen, Rauchgestank. Einer der Bäume ist in unser Dach gestürzt. Meine Mama steigt gerade aus ihrem Auto, sie sieht gar nicht gut aus und schreit. Sie will in das lodernde Haus. Aber die Feuerwehrmänner halten sie fest und lassen sie nicht gehen.
„Mama!“, rufe ich und renne. „Es geht mir gut. Jesus hat einen Ort für uns, wo es wunderschön ist.“ Meine Stimme ist wieder so schwach wie früher, aber meine Mama hört mich trotzdem. Die Männer lockern ihren Griff, sie stürmt mir entgegen. Außer Atem werfe ich mich an ihre Brust. Sie drückt mich so fest mit ihren Armen, dass ich fast keine Luft mehr bekomme.
„Der Ort ist wirklich schön. Du musst mir glauben. Und du brauchst nie wieder Wäsche zu waschen, und meine Beine haben nicht wehgetan.“
„Ja, Liebes. Ich bin so froh. Du bist am Leben.“
Ich würde gern viel mehr erzählen, aber jetzt tut mir wieder alles weh. Ich brauche erst mal Kraft, muss erst mal Luft holen. „Danke, Jesus“, bringe ich noch heraus.

Mama und Papa bezeichnen den Ort, den ich ihnen beschrieben habe, als Himmel. Aber ich glaube, wenn Jesus bei mir ist, ist in mir immer Himmel. Das hat er versprochen, und was er verspricht, hält er auch. Und da er die ganze Zeit da ist, kann er noch nicht einmal unpünktlich kommen.

Timothy Bryan Heinle kommt aus Ranstadt,
ist 1999 geboren und besucht das Gymnasium in Nidda.

„Der Unterschied zwischen dem richtigen Wort und dem beinahe richtigen ist derselbe Unterschied wie zwischen dem Blitz und dem Glühwürmchen.“
Mark Twain

Timothy Bryan Heinle

Djadi

Djadi

Als Djadi mich fand, hockte ich verzweifelt hinter einem Busch und versuchte, irgendein kleines Tier zu jagen, das man essen konnte. Ich wusste, dass ich ohne Nahrung nicht mehr lange überleben würde.
Dreizehn Jahre lang war ich in einer behüteten Familie aufgewachsen, mit einem stets gefüllten Kühlschrank und einem weichen Bett hinter einer sicher verschlossenen Tür. Doch jetzt war Krieg. Ich hatte mich daran gewöhnt, stets auf der Hut zu sein und in zerbombten Häusern nach Dingen zu suchen, die man noch irgendwie verwenden konnte. Doch mein größtes Problem war es, täglich etwas Essbares zu finden. Nahrung war ein begehrtes Gut, das oft nur den Stärkeren vorbehalten war.
Kaum hörte ich das Knirschen der trockenen Erde, schaute ich bereits in den Lauf eines Maschinengewehrs. Ich hob die Hände, um zu zeigen, dass ich unbewaffnet war.

Der Junge mit den braunen Locken, der nicht viel älter sein konnte als ich selbst, zögerte. Er schien schon viel länger hier zu sein. Er hockte sich auf den Boden und erklärte mir etwas in einer Sprache, die ich noch nie gehört hatte. Dann wechselte er in ein gebrochenes Englisch. Plötzlich signalisierte er mir, still zu sein und spähte durch das Dickicht. Blitzschnell legte er sein Gewehr ab, ergriff Pfeil und Bogen und hatte kurz darauf ein kleines, meerschweinchenähnliches Tier erlegt. Das Fleisch würde uns bis zum nächsten Tag versorgen.
Djadi sagte, sein Name sei arabisch und bedeute „mein Glück". Und für mich war er wirklich ein Glücksfall. Djadi wurde mein bester Freund, sofern man in diesen Zeiten überhaupt von Freundschaften sprechen konnte. Die ersten Wochen waren wir wohl eher eine Zweckgemeinschaft, denn es dauerte lange, bis er mich das Jagen und vor allem das lautlose

Anschleichen soweit gelehrt hatte, dass ich zu unserem Überleben beitragen konnte.

„Nein. Noch nicht“, zischte Djadi, während ich hungrig die Proviantsäcke musterte. Mitten im Blätterwald warteten wir darauf, dass die Gruppe von einem Dutzend Soldaten endlich ihr kleines Lager auf der Lichtung verlassen würde. Dann hätten wir Zugang zu den Lebensmitteln in ihrem Zelt. Wir kannten die Soldaten mittlerweile gut und nutzten ihre Schwächen, da sie unsere beste Versorgungsquelle waren. Wie so oft hockten wir auch heute für mehrere Stunden im Busch, die Messer im Anschlag, für den Fall, dass der Feind uns entdeckte. Mir schien es, als hätte ich mich seit Stunden nicht bewegt. Mein Körper schmerzte und am liebsten hätte ich für heute aufgegeben, aber Djadi gab niemals Ruhe, bevor wir nicht Lebensmittelvorräte für mindestens einen weiteren Tag gesichert hatten. Nach weiteren endlosen Minuten war es endlich soweit. Die Soldaten entfernten sich. Meist blieben sie mehrere Stunden weg und wir vermuteten, dass sie feindliche Lager überfielen, denn manchmal kamen sie gut gelaunt mit reicher Beute zurück. Sie fühlten sich offensichtlich sicher, denn sie stellten bei ihren kleinen Ausflügen nicht einmal eine Wache ab.

Als keine Schritte mehr zu hören waren, traten wir lautlos aus dem Busch. Mein Herz pochte laut. Das Blut rauschte in meinen Ohren. Meine Hände wurden eiskalt. Wie immer, wenn mich die Aufregung ergriff. Ich nahm alles um mich herum verstärkt wahr. Jedes Geräusch ließ mein Herz schneller schlagen. Ich wollte nur noch eines: Beute fassen und abhauen. Man wusste nie, wann sie zurückkamen.

In geduckter Haltung schlichen wir zum Zelt, als ein ohrenbetäubender Schuss die Vögel um uns herum aufschrecken ließ. Ich wusste, irgendwo in der Nähe befand sich nun ein Projektil. Ich hatte Angst. Ohne zu zögern, sprang ich ins Dickicht. Doch Djadi folgte mir nicht. Ich machte mich im Unterholz unsichtbar. Wo war Djadi?

Ich sah noch, wie er zusammenklappte, etwa so, als würfe man eine Puppe auf den Boden. Ganz verrenkt und unheimlich. Mir fehlte die Zeit, ihn genauer zu betrachten, denn ich sah schon die braun gekleideten Soldaten auf Djadi und mich zukommen. Sie waren zurück. Und hatten uns entdeckt. Ich zog mich weiter ins Dickicht zurück, so lautlos, wie Djadi es mir beigebracht hatte. Sie packten ihn an den Armen und zerrten ihn weg. Fassungslos starrte ich auf die Blutspur. Vielleicht war es aber auch nur die Schleifspur seiner Schuhe im roten Sand.

Hoffentlich war er nicht schwer verletzt.
„Lasst mich los!“, hörte ich ihn noch rufen, bevor ich zurück in unser notdürftiges Lager am Fuße des Berges flüchtete. Hier hatten wir uns unter einem Felsvorsprung eine kleine Höhle gegraben, in der wir uns versteckten, wenn wir unsere Pläne besprachen.
Auf dem Weg zurück fragte ich mich ständig, warum ich ihm nicht geholfen hatte. Meine Rechtfertigung: Sie hätten uns beide erwischt. Ich hätte ohnehin nicht viel gegen diese schwer bewaffneten Idioten ausrichten können. Wir nannten sie „Affen mit Waffen“, oder AMWs. Nun war er weg. Mein bester Freund in den Zeiten dieses grausamen Krieges. Einfach weg. Man könnte meinen, dass unsere Feinde nur Befehle befolgten. Doch die AMWs hatten Spaß daran, Menschen zu foltern oder zu ermorden. Sie brüsteten sich regelrecht damit. Wir hatten es selbst gesehen und gehört. Von unserem Versteck, in dem wir auf einen günstigen Augenblick warteten, um Essen zu organisieren.

Es war ungewiss, ob ich Djadi jemals wiedersehen würde. Tränen der Verzweiflung stiegen in mir auf. Djadi war längst zu meinem besten Freund geworden. Zwar wusste ich nicht viel über ihn, da er immer das Thema wechselte, wenn ich ihn auf seine Familie ansprach, doch ich wusste, wie er hieß und wo er herkam.

Plötzlich dachte ich an Rache.
Bisher hatten wir uns immer nur versteckt, waren lautlos durch die Lager geschlichen, wenn die AMWs schliefen oder das Lager verließen. Djadi sah das wie ich. Wir hatten nie in Erwägung gezogen, unser Leben sinnlos aufs Spiel zu setzen, wenn man auch anders überleben konnte. Wenn sie einmal wissen, dass es dich gibt, dann ist die Frage nicht mehr, ob sie dich kriegen, sondern wann.
Doch jetzt musste ich handeln. Das war ich Djadi schuldig.

Aus unserem Versteck observierte ich das Lager erneut. Es waren deutlich weniger Soldaten zu sehen, als noch vor einigen Stunden. Ich strich mit dem Zeigefinger langsam über den feuchten Erdboden und erinnerte mich daran, wie ich mit Djadi vor einigen Stunden genau hier gehockt hatte. Ich versuchte vergeblich, einen Blick auf ihn zu erhaschen.
„Feierabend“, johlte einer der Soldaten, „Heut’ gibt’s Nachschub. Ab ins Tal.“
„Tal?“, dachte ich und dann fiel es mir wieder ein. Heute musste Donnerstag sein, da rückte die gesamte Mannschaft aus und das Lager blieb für eine Nacht leer. Erst am späten Vormittag des nächsten Tages würden sie zurück sein.
Ob sie Djadi wohl mitnehmen würden?

Die Soldaten schien die gleiche Frage zu beschäftigen. Sie traten mit Djadi aus dem Zelt. Ich konnte nicht erkennen, ob mein Freund ernsthaft verletzt war. Djadi stand unbewegt zwischen zwei Soldaten, die heftig stritten. Sie waren zu weit weg und die Geräusche des Waldes ließen nur einzelne Wortfetzen durch. „… wozu? … töten …“ Fieberhaft suchte ich nach einer Lösung. Djadi blickte in meine Richtung. Ich war sicher, dass er mich nicht sehen konnte, aber er schien zu vermuten, dass ich ihn beobachtete. Er schüttelte langsam den Kopf.

Djadi hatte mir zwar längst ein Gewehr besorgt, aber er wusste, dass ich nicht besonders gut schießen konnte. Und ich konnte es auf keinen Fall mit mehreren Gegnern gleichzeitig aufnehmen.

Auf einmal rannte Djadi los und schrie, ich sollte in Deckung bleiben. Er war noch weit von mir entfernt und offensichtlich wollte er mich schützen, denn er schlug einen Haken und suchte Zuflucht hinter einem ausgebrannten Laster. Ich begann zu feuern, und die AMWs gingen in Deckung. Einen Moment lang erwog ich, Djadi zur Hilfe zu eilen, aber der Weg zum Lastwagen war vom Wald her einfach zu gut einzusehen. Sie schossen auf den alten Laster. Djadi hatte seine aussichtslose Lage bereits erkannt. Er rief mir wieder zu, in Deckung zu bleiben, denn er wusste, dass der Feind im Grunde feige war. Sie würden aus ihrer Deckung nicht herauskommen, um ihn einzufangen. Mühsam kroch er unter den Lastwagen. Ich starrte auf die schmale Blutspur, die er hinter sich herzog. Mein Herz hämmerte gegen meine Rippen. Wir hatten schon viele gefährliche Abenteuer erlebt, aber ich ahnte, dass dieses hier das Ende bedeuten könnte.
Ich schrie zu Djadi hinüber, er möge durchhalten und versuchte, ihm die Position der Soldaten durchzugeben, indem ich möglichst geräuschlos durch den Wald hastete. Doch meine Bemühungen waren umsonst.

„Djadi is dead.“

Diese kleine Zeile, die unter dem Laster erschien, bevor Djadi vom Bildschirm verschwand, beendete unsere lange Freundschaft in Jungle War. Ich kannte seinen richtigen Namen nicht, ich wusste nur, dass er so alt war wie ich, irgendwo in Dubai lebte und einen Hochleistungsrechner besaß. Und ich wusste, dass er mit einem neuen Charakter in absehbarer Zeit nie meinen Level erreichen konnte, und damit für immer für mich

unerkennbar bleiben würde. Nur im Team war es uns gelungen, in wochenlanger Kleinarbeit Level um Level aufzusteigen.
Ich loggte mich aus und blieb bewegungslos sitzen, starrte auf den schwarzen Bildschirm.

Am 14. August 2014 verlor ich meinen besten Freund, einen wunderbaren Menschen, mit dem ich unzählige Wochen mein Leben geteilt hatte. Eigentlich mein einziger Freund, denn in der Schule nannten mich alle nur den Internetfreak. Und meine Eltern hatten schon lange aufgegeben, mich nachmittags anzusprechen.

Hinter dem Bildschirm tauchte Stück für Stück die Realität auf. Das Poster von Jungle War, mein Regal mit den Schulbüchern und die Pizza, die ich vor drei Stunden schon hatte essen wollen. Im Hintergrund hörte ich die Stimme des Nachrichtensprechers. Schwerfällig stemmte ich mich aus dem Stuhl und ging zu Mama und meinem zwölfjährigen Bruder hinüber ins Wohnzimmer. Sie schauten fern.
Es wurde über Krieg, Seuchen und andere Katastrophen berichtet, ich musste schlucken.
„Haste verloren?“
Die hämischen Worte meines Bruders nahm ich schweigend zur Kenntnis. Meine Mutter beachtete mich nicht. Wir redeten schon seit Langem nicht mehr.

Die ganze Nacht grübelte ich. Am nächsten Morgen traf ich auf dem Schulweg eine Entscheidung. Man konnte nicht mit zwei Charakteren von einem Rechner aus Jungle War spielen, also entschied ich mich gegen meine ganzen Besitztümer und für Djadi.

Am Nachmittag warf ich den Schulranzen in die Ecke und fuhr den Computer hoch. Ohne zu zögern, rannte ich in den Kugelhagel der Soldaten und ließ mich töten.

Ich kreierte einen neuen Charakter. Mein alter Name war gesperrt, deshalb hing ich _djadi an meinen Namen. Es war ein Erkennungszeichen. Dann begab ich mich auf die Suche. Ich war mir sicher, dass er mit seinem neuen Charakter hier im Einsteigerbereich bereits wieder seine Fähigkeiten trainierte.

Ich werde ihn finden. Dann zeigen wir es diesen Mistkerlen.

Johanna Kaucher kommt aus Bad Homburg,
ist 1999 geboren und
besucht das Kaiserin-Friedrich-Gymnasium in Bad Homburg.

„Spielt keine Rolle, sagte er. Spielt gar keine Rolle im Land der Dämmerung.“
„Im Land der Dämmerung“, Astrid Lindgren

Johanna Kaucher

Wie Mino lernte, einzigartig zu sein

Für Judith, für die diese Geschichte eigentlich gedacht war.

Für Miriam, die mir beigebracht hat, Geschichten aufzuschreiben.

Wie Mino lernte, einzigartig zu sein

Es war einmal vor sehr, sehr langer Zeit ein seltsames, kleines Volk, das nannte sich Emuliu. In der Sprache dieser Wesen bedeutete das „Holzleute“. Kein anderer Name konnte die Angehörigen dieses Volkes treffender beschreiben. Ihre Körper bestanden ausschließlich aus Holz. Zwar konnte niemand sagen, woher sie kamen und aus welchem Holz sie überhaupt bestanden, aber es gab die Geschichte, sie seien von Wichteln geschnitzt worden. Aber das ist jetzt nicht wichtig. Fest steht, dass die Holzleute schon seit Ewigkeiten existierten.

Weit abgeschieden von der Welt der Menschen lebten die Emuliu in ihrer Stadt Fura. Dort war alles aus Holz, genau wie die Holzleute, und alles glich einander: Häuser, Straßen, Möbel, sogar die Bewohner der Stadt selbst. Andere Wesen wie Feen, Kobolde oder Menschen hätten dies vielleicht langweilig gefunden, doch nicht die Emuliu. Sie fanden es wunderbar. Sie liebten es, dass sie sich nicht unterschieden und so taten sie auch seit Jahrhunderten täglich dasselbe.

Obwohl sie es nicht wahrhaben wollten, waren die Emuliu doch alle unterschiedlich, auch wenn sie sich auf den ersten Blick glichen wie ein Ei dem anderen. Hätte man sie genauer betrachtet, hätte man die Unterschiede erkannt, winzige Unterschiede. Jemand, der nach Fura gekommen wäre, hätte vielleicht bemerkt, dass einer der Emuliu einen Sprachfehler hatte, dass ein anderer seinen Arm schlechter bewegen konnte und bei einem dritten noch die Maserung des Holzes zu erkennen war. Für die Betroffenen war das nicht weiter schlimm, solange sich der Fehler beheben oder vertuschen ließ. Doch bei einigen wenigen Ausnahmen ging dies nicht und diese Emuliu litten darunter ihr Leben lang.

Zu diesen unglücklichen Holzleuten zählte Mino. Er war wie alle Emuliu nicht besonders groß. Das war aber nicht sein Problem, viel mehr störte ihn die große Narbe mitten auf seinem Kopf. Diese Narbe zeigte, dass an jener Stelle des Baumes, aus dem Mino entstanden war, ein Ast gewachsen war. Schon als Kleinkind war Mino immer nur gehänselt und verspottet worden, und es wurde von Jahr zu Jahr schlimmer. Dabei konnte Mino nichts für diese Astnarbe.

Dann kam jener Tag, der alles verändern sollte. Nach der Schule wurde Mino wieder von seinen Klassenkameraden geärgert. Traurig und wütend rannte er davon. Es war ihm egal, was die anderen dachten, denn sie lachten ja sowieso über ihn. Immer weiter rannte er, bis er in den Wald kam. Mino blieb stehen, um zu verschnaufen. Plötzlich zog ein Unwetter auf. Blitze zuckten über den Himmel, Donner grollte und es fing an zu regnen. Voller Entsetzen und Panik begann Mino erneut, zu laufen. Schneller und schneller rannte er. Aber wegen des Regens, der ihm ins Gesicht peitschte, schlug er die falsche Richtung ein und entfernte sich immer weiter von Fura.

Ihm war kalt und immer wieder verfing sich Mino im dichten Gestrüpp. Er stolperte, rappelte sich wieder auf und rannte weiter. Der Wind wurde kräftiger und er kam nur noch mühevoll voran. Mittlerweile war es dunkel geworden. Deshalb bemerkte Mino auch den Abgrund nicht, der sich plötzlich vor ihm auftat.

Seine Füße traten ins Leere und er stürzte in die Tiefe. „Jetzt ist es endgültig vorbei mit mir", war das Letzte, das Mino dachte. Dann erzitterte sein Körper von einem dumpfen Aufschlag, und er verlor das Bewusstsein.

Als Mino erwachte und vorsichtig die Augen öffnete, schienen ihm warme, goldene Sonnenstrahlen ins Gesicht, sodass er blinzeln musste. Sein Kopf lag auf etwas Nassem, und als er ihn bewegen wollte, fühlte er einen stechenden Schmerz in seiner Stirn. Langsam richtete Mino seinen hölzernen Körper auf.

Er blickte sich um. Vor ihm erhoben sich gewaltige Felsen. Schroff und steil ragten sie in den Himmel. Irgendwo zwitscherte ein Vogel. Ein zarter Windhauch strich über Mino hinweg und ließ ihn frösteln. Er drehte sich um und erkannte, worin er mit dem Kopf gelegen hatte. Eine Wolke spiegelte sich in der kleinen Pfütze und ein Blatt schwamm in ihrem trüben Wasser. Er erinnerte sich: Es hatte geregnet und er war wegen des Gewitters immer weiter gerannt. Aber wohin? Wo war er jetzt? Und wie kam er wieder nach Hause?

Ratlos schaute sich Mino genauer um. Da entdeckte er in einiger Entfernung ein kleines, windschiefes Haus. Solch ein Haus hatte er noch nie gesehen. Das Dach war nicht aus Holz, sondern aus großen Ziegeln, die Hauswand war aus Steinen und an ihr rankte sich eine Pflanze hinauf. Kein Emuliu hatte so ein Haus! Er musste weit weg von Fura sein. Sehr weit weg. Aber wer wohnte in dem Haus? War es ein gefährliches Wesen? Würde es Mino helfen können? Vorsichtig machte der kleine Holzmensch ein paar Schritte auf das Haus zu.

Mino blieb ängstlich stehen, als eine Maus aus dem Haus trat. Sie trug eine Staffelei, Pinsel und riesige Eimer und schien Mino nicht zu bemerken. Erleichtert atmete er auf. Sie schien nicht sonderlich gefährlich zu sein. Aber was tat sie da? Neugierig kam er näher, während die Maus alles aufbaute und dann fröhlich pfeifend bunte Kleckse auf der Leinwand verteilte.

Eine Weile schaute Mino zu. Schließlich nahm er all seinen Mut zusammen. „Entschuldigung, aber was tust du da?“, fragte der Emuliu. Die Maus schien nicht überrascht zu sein, dass plötzlich ein Holzmensch neben ihr stand.

„Ich male, das siehst du doch“, erklärte sie. Etwas verwirrt wartete Mino einen Moment.

„Und was ist das?“ Er deutete auf die Leinwand.

„Das ist Rot.“ Die Maus warf einen kurzen Blick auf Mino. „Außerdem habe ich noch Gelb, Grasgrün und Himmelblau, Violett und Orange,

Braun und Rosa, Zitronengelb und Erbsengrün, Weiß, Schwarz, Purpur, Lapislazuli, Kirsch- und Weinrot, Pfefferminze und Neongrün, Olivgrün und Kamillenteegelb, Rosaro…“

„Schon gut, schon gut“, unterbrach Mino den Redeschwall. „Das weiß ich doch alles. Das sind Farben. Die kenne ich aus dem Wald. Ich weiß, dass die Blätter grün sind und die Äste braun und dass der Himmel blau ist. Ich wusste nur nicht, dass es so viele Farben gibt. Aber wofür braucht man die alle?“

„Das weißt du nicht?“ Die Maus war sichtlich erstaunt. „Woher kommst du denn, dass du nicht weißt, wie wichtig viele Farben sind?“

„Ich heiße Mino und bin ein Emuliu. Ich komme aus unserer Stadt Fura. Bei uns ist alles aus Holz. Wir haben keine Farben“, sprudelte es aus Mino heraus. „Wir sehen alle gleich aus. Nur ich bin anders, weil ich eine Astnarbe mitten auf dem Kopf habe und deshalb lachen mich immer alle aus.“

„Na, ich lache dich nicht aus“, sagte die Maus. „Ich heiße übrigens Wilhelmina und bin eine sehr begabte Künstlerin. Vielleicht sogar die begabteste unter uns Mäusen. Leider bekomme ich hier im Wald nur sehr wenige Aufträge. Aber mir scheint, da geht es mir noch besser als dir. Alles sieht bei euch gleich aus? Ihr benutzt keine Farben? Ach du meine Güte, ist das langweilig. Da ist es ja etwas ganz Feines, dass du wenigstens diese Narbe hast, sonst würde man dich dauernd mit den anderen Holzleuten verwechseln.“

Ungläubig starrte Mino Wilhelmina an. Alle hatten ihn immer deswegen ausgelacht, aber sie fand es gut, dass er die Narbe hatte und anders war. Wie konnte das sein? War es wirklich langweilig, wenn alle gleich aussahen? Sahen sich die anderen Emuliu wirklich so ähnlich? Oder hatten sie auch besondere Merkmale? Hatte Lia nicht zu kurze Beine? Und Nanno? Lispelte der nicht? Eno hatte einen steifen Arm, Mia einen hüpfenden Gang und Lilo eine Narbe am Handgelenk. Aber diese Besonderheiten beachteten die anderen nicht.

Mino gefiel der Gedanke immer mehr, dass die Narbe ihn zu etwas Besonderem machte. Aber wie konnte er das den Emuliu zeigen? Nachdenklich betrachtete Mino die Eimer. Er tunkte einen Finger in einen Topf mit grüner Farbe.

„Wilhelmina! Ich habe eine Idee, wie ich meinem Volk beweisen kann, dass es nicht schlimm ist, anders zu sein“, verkündete er. „Ich glaube, ich könnte etwas Farbe vertragen.“

„Was?“ Die Maus schaute ihn verständnislos an.

„Es ist doch ganz einfach“, erklärte Mino. „Du malst mich an. Dann sehe ich ganz anders aus als Eno, Lilo und die anderen, und sie werden endlich merken, wie langweilig und eintönig sie alle sind.“

„Willst du mich veräppeln?“ Wilhelmina war empört. „Ich male nur Bilder!“

„Bitte, Wilhelmina! Du hast doch eben selbst gesagt, dass du zu wenige Aufträge hast. Und außerdem brauche ich deine Hilfe. Sonst muss ich es selbst machen und du weißt genau, dass ich keine Ahnung vom Malen habe.“ Abwartend sah Mino die Maus an.

Diese dachte nach. Schließlich hob sie den Kopf und meinte zögernd: „Vielleicht ist die Idee wirklich ganz gut. Im Ernst, wenn ich es mir noch einmal genau überlege … Die Idee ist wunderbar.“

Plötzlich war sie ganz begeistert. Eifrig begann Wilhelmina Pinsel und Farbeimer zusammenzusuchen, während sie weiter murmelte. „Da hätte ich eigentlich auch selbst drauf kommen können. Genau das Richtige für eine große Künstlerin wie mich.“

„Heißt das, du machst mit?“, fragte Mino.

„Natürlich“, rief die Maus, „natürlich mache ich mit. Zeigen wir den Emuliu, was Einzigartigkeit bedeutet.“

„Fertig.“ Wenig später betrachtete Wilhelmina zufrieden ihr Werk. Auch Mino schaute bewundernd an sich herab. Seine Arme und Beine waren übersät mit bunten Mustern, mit Tupfen und Kreisen, mit Kringeln, Streifen und Blumen. Seine Füße hatte die Maus blau und grün angemalt, sein Bauch war nun rot und dort, wo er den Finger in die Farbe getaucht hatte, war ein grüner Fleck zurückgeblieben. Nur seinen Kopf hatte die Maus so gelassen, wie er war. So konnte man die Astnarbe immer noch gut sehen.

„Wie kann ich dir nur danken, Wilhelmina?“, fragte Mino, nachdem die Maus ihm den Weg nach Fura gezeigt hatte.

„Indem du eines Tages wiederkommst und mir erzählst, wie die Geschichte ausgegangen ist“, sagte die Maus. „Und erzähle den anderen Emuliu, wer dich so schön angemalt hat, falls sie sich entscheiden sollten, sich ebenfalls zu verändern.“

„Das werde ich tun“, versprach Mino. „Auf Wiedersehen, Wilhelmina. Du bist wirklich eine begabte Künstlerin.“

„Auf Wiedersehen, Mino“, rief die Maus ihm nach. „Natürlich bin ich eine begabte Künstlerin, vielleicht sogar die begabteste unter uns Mäusen. Aber auf jeden Fall die einzige, die einen Emuliu angemalt hat.“

Als Mino gegen Mittag den Waldrand erreichte, von wo aus er schon die ersten Häuser Furas erkennen konnte, blieb er stehen und sah eine Weile auf die Stadt. Er hatte sich verändert. Er war nicht mehr der Mino, der Fura gestern völlig aufgelöst verlassen hatte. Trotzdem war er viel mehr er selbst, als er es vorher jemals gewesen war. Aber die Stadt war noch dieselbe. Sie hatte sich kein bisschen verändert, genauso wenig wie ihre Bewohner. Er holte noch einmal tief Luft und ging gemächlich weiter.

Sobald er Fura betreten hatte, wurden die Emuliu auf ihn aufmerksam. Hier fiel sein bunter Körper viel mehr auf, als noch vor ein paar Stunden zwischen Wilhelminas Gemälden im Wald. Immer mehr Emuliu scharten sich um Mino, der, ohne auf sie zu achten, einfach weiter durch die Straßen lief. Keiner von ihnen sagte ein Wort, keiner lachte. Sie starrten ihn nur voller Entsetzen an, weil sie nicht begriffen, wie jemand so seltsam aussehen konnte. Doch irgendwann trat einer vor. Vorsichtig, als hätte Mino eine ansteckende Krankheit. „Bist du das, Mino?“

„Hallo, Eno. Ja, ich bin Mino. Hast du mich etwa nicht erkannt? Seltsam. Ich erinnere mich noch genau, wie oft du über meine Narbe gelacht hast. Ich dachte eigentlich, du würdest sie wiedererkennen.“
„Ja, aber … Was hast du mit deinem Holz gemacht?“, stammelte Eno.
„Ich habe es anmalen lassen“, erklärte Mino ruhig. „Es zeigt, dass ich anders bin als ihr, genau, wie mich die Narbe von euch unterscheidet. Die Farbe macht mich einzigartig.“
Einen Moment lang war es still, keiner sagte etwas. Die Emuliu standen einfach nur da und starrten Mino an, und Mino starrte zurück. Schließlich sagte Eno: „Soso. Einzigartig willst du sein? Einzigartig? Wie soll das gehen? Wenn du einzigartig bist, bist du nicht wie wir. Dann bist du anders. Dann kannst du kein Emuliu mehr sein!“
Die Menge murmelte zustimmend. „Einzigartig! Lachhaft!“, fauchte Eno. „Ja, lachhaft, das bist du, Mino! Ich habe schon immer gewusst, dass du irgendwie komisch bist. Ein Emuliu, der freiwillig anders sein will, als die anderen.“
Eno brach in höhnisches Gelächter aus und immer mehr Emuliu stimmten ein.
Sie lachten über ihn, wie sie es schon immer getan hatten. Er hatte ihnen zeigen wollen, dass sie selbst auch etwas Besonderes waren, aber sie verstanden ihn nicht. Im ersten Augenblick wollte Mino weinen. Was sollte er jetzt tun? Zu Wilhelmina zurückkehren und ihr erzählen, dass er gescheitert war? Er war sich so sicher gewesen, dass sein Plan gelingen würde. Die Emuliu, das wusste er jetzt, waren blind und wollten es auch bleiben. Sie verstanden nichts, gar nichts. Plötzlich spürte er es. Es brach aus ihm hervor, aber es waren keine Tränen, es war ein Lachen. Mino lachte, lachte über die Emuliu, die ihn auslachten, lachte über sich selbst, weil er geglaubt hatte, sie ändern zu können.

„Mino?“, fragte zaghaft hinter ihm jemand. Er drehte sich um und da stand Lia. Lia, die kleiner war als die anderen Emuliu, weil ihre Beine kürzer waren. Vorsichtig streckte sie den Zeigefinger aus und fuhr eine Linie auf Minos Unterarm nach. „Warum sieht dein Arm aus wie die Blumen auf der Wiese am Waldrand?"

„Mir gefällt Gelb. Es sieht schön aus, oder? Alles sieht schöner aus, wenn es eine Farbe hat. Man braucht Farben, damit sie das Leben bunt machen."

Ihm fiel auf, dass die anderen Emuliu aufgehört hatten, zu lachen und ihn beobachteten. „Ohne Farbe sieht alles gleich und langweilig aus. So wie Fura und so wie ihr. Ich habe gelernt, dass es nicht schlimm ist, anders zu sein. Es ist sogar schön. Dadurch wird man einzigartig, unverwechselbar. Wenn ich euch anschaue, kann ich nicht sofort sagen, wer von euch wer ist. Aber wenn ihr mich anseht, wisst ihr gleich, dass ich Mino bin. Eigentlich seid ihr auch nicht alle gleich, man bemerkt eure Besonderheiten nur nicht so schnell, weil ihr sie versteckt. Aber das müsst ihr nicht. Ihr seid gut so, wie ihr seid."

„Wir sind einzigartig", rief Lia. „Wir sind etwas Besonderes. Es ist nicht schlimm, dass ich kleiner bin als ihr."

„Genau", sagte Mino. „Genau das meine ich."

Zwei Monate später war in Fura nichts mehr so wie früher. Viele Emuliu hatten begriffen, was Mino als erster erkannt hatte und sie fanden es gut. Diese Emuliu malten ihre Häuser an, bekannten sich zu ihren besonderen Merkmalen und einige zogen sogar los, um sich von Wilhelmina anmalen zu lassen. Die Erste war Lia.

Aber nicht alle Bewohner Furas waren davon begeistert. Zu ihnen gehörte auch Eno. Sie lachten und verspotteten Mino, Lia und die anderen noch immer, die sich von nun an Lomiliu, die bunten Leute, nannten. Doch diese störte das nicht. Ihre Häuser waren die buntesten, die man sich vorstellen kann. Sie führten ein schöneres und vor allem bunteres Leben als die Emuliu. Kurz gesagt: Die Lomiliu waren glücklich.

Solvejg Kassandra Kleber kommt aus Mücke, ist 1991 geboren und hat die Theo-Koch-Schule in Grünberg besucht. Jetzt studiert sie in Frankfurt.
Solvejg war bereits 2011 unter den Preisträgern.

„Leider wird eine Zunahme von *Träumen* mit einem wachsenden *Potential* an *Albträumen* bezahlt."
Sir Peter Ustinov

Solvejg Kassandra Kleber

Utilitas

Für meine Eltern, Caren und Hjalmar Kleber, als Dank, dafür, dass sie immer für mich da sind und es ihnen immer wichtig war, ihre Kinder zu selbstdenkenden Menschen zu erziehen, die ihre eigenen Entscheidungen treffen.

Utilitas

„… in Ordnung, Jan?"
Elias Brown, der kleine, rundliche Mann mit dem schütteren Haar und dem viel zu engen Hemd, sieht mich fragend an und wischt mit der Serviette über seine Mundwinkel.
„Ja klar, ist in Ordnung."
„Also, ich muss dann los – du weißt ja, das Meeting. Dann sehen wir uns morgen." Während er aufsteht und sich in sein enges, hellblaues Jackett zwängt, nickt er mir noch einmal zu und eilt davon.
Es dauert keine fünf Sekunden und der vor acht Monaten eingeführte CRS-59 schiebt seine fleckenfreie Chrom-Platte unter das Tablett von Elias, das noch auf dem Tisch steht. Blitzschnell setzt er es in eins der Fächer im Korpus. Dann fährt er zum Abräumen zum nächsten Tisch. Ich lehne mich in meinem ergonomisch geformten Schalensitz zurück und nippe noch einmal an meinem Fitnessdrink.
Plötzlich spricht mich jemand von der Seite an.
„Entschuldigen Sie, wie viel Uhr haben wir? Ich habe um zwei einen Termin."
Verwirrt sehe ich zu der großen Digitalanzeige über der Essensausgabe hinüber. Der Bildschirm ist dunkel. „Einen Termin, sagten Sie?"
„Ja, genau, eine Konferenz mit fünf weiteren Kollegen."
„Natürlich." Ich tippe auf meine Uhr, die aufleuchtet. „Halb zwei."
„Dankeschön."
Die blonde Kollegin im grünen Hosenanzug widmet sich wieder ihrem Essen.
Nach ein paar weiteren Minuten, in denen ich nur dasitze und einfach die Ruhe genieße, nehme ich aus dem Augenwinkel ein Flimmern wahr. Der Screen funktioniert wieder. Da war der hausinterne Service aber schnell.

Neben der Uhrzeit wird zuerst die heutige Speisenauswahl angezeigt. Als nächstes erscheint in kursiver Schrift: „Nicht vergessen – morgen Tag der Regeneration."
Ich bin schlagartig in besserer Stimmung. Daran habe ich gar nicht mehr gedacht. Ein solcher Tag kommt mir gerade recht. Einmal nicht arbeiten gehen und einmal lange ausschlafen – sofern nicht wieder unser Mädchen um fünf Uhr morgens das Haus zusammenschreit.
Meine Uhr piepst. Ich wische über das Display, stehe auf und verlasse die Cafeteria.
Schon als Kind war ich versessen auf die Tage der Regeneration, habe mich damals aber nicht wirklich ausgeruht. Am liebsten traf ich mich dann mit Mike, der eigentlich Michael heißt. Wir beide hatten ihn in „Tag des Spielens" umbenennen wollen, denn genau das war er für uns gewesen.

Nahezu lautlos öffnet sich die Tür zu meinem Büro. Unverzüglich blinkt die Arbeits-Anzeige auf. Aktuelle Update-Items: 60 Prozent. Eine Zeile darunter Item-in-construction: 74 Prozent. Vor meiner Pause waren es noch andere Werte. Es sind also neue Aufträge hereingekommen. Welche stehen denn jetzt noch aus? Ich setze mich vor den Computer und ziehe die Brille auf und zwinkere die Dokumente durch. Eine zusätzliche Spezifizierung für das weitere Verfahren mit Essensresten, ein Item für den Schülerbereich und noch ein weiteres kleineres Item-Konstrukt in der Elternrubrik. Ich klicke die erste an und beginne, sie in den Quellcode umzusetzen. Wo muss das eingeordnet werden? – Ah ja, da steht's: „Pappverpackung – Nicht zu lösende Komponenten – Komponente: Plastik" … Und da muss die neue Spezifizierung rein – „Über ein zehntel Anteil – Ausgabe: Gelbe Tonne".
Kaum ist das Item bestätigt, steigt der Prozentwert auf meiner Arbeits-Anzeige und wechselt von Orange zu Gelb.

Mit den anderen Aufträgen verfahre ich genauso. Ich mache das jetzt seit etwa zehn Jahren. Ist alles Routine.
Zwischen den drei Bildschirmen steht ein Tablet. Das Bild zeigt ein Foto von unserer Straße. Auf der linken Seite ist das Haus, in dem ich aufgewachsen bin und mittlerweile mit meiner kleinen Familie wohne. Mike, Jana und ich stehen dort Arm in Arm und lächeln in die Kamera. Das Bild ist schon zwei Jahre alt. Damals haben die beiden noch gemeinsam gegenüber von mir gewohnt. Seit siebeneinhalb Monaten habe ich einen neuen Nachbarn.

So, jetzt sind alle hereingekommenen Aufträge erledigt, vorübergehend ist die Anzeige grün. Der Balken darunter steht aber schon bei 91 Prozent. Soll ich schon gehen oder warten? Die letzten neun Prozent könnten dauern, da würde ich nur hier herumsitzen. Davon hätte niemand etwas. Ginge ich nach Hause, hätte ich etwas davon – wobei Jana mit dem Baby sowieso ihre Schwester besucht. Was jedoch, wenn der Auftrag hereinkommt, während ich auf dem Heimweg bin? Bis ich zu Hause soweit sein werde, um die App-Aktualisierung umzusetzen, könnte über eine Stunde vergehen. Wenn dann jemand die App-Aktualisierung schon brauchen würde … oder zwei Leute. Oder drei, vier oder sogar noch mehr …

Ich werde abwarten. Solange lese ich den Newsticker: „Die Wirtschaftsleistung hat ein neues Hoch erlangt und bricht damit nach nur einem Jahr abermals alle Rekorde.“ Ich scrolle weiter herunter. „Nun sind es schon fünfundzwanzig Jahre ohne eine kriegerische Intervention in der Utilitas unter Präsident Just van Bork.“
Und da ist schon der Auftrag. Gut, dass ich gewartet habe. Danach geht es nach Hause. Meine Abteilung ist im vierten Stock, die Abteilung für Quellcodeüberführung. Die darunter gelegenen drei Stockwerke sind für

die Entscheidungsgruppen. Dort arbeitet auch Elias. Er ist Experte für Kosten-Nutzen-Abwägungen im Bereich soziale Interaktionen. Einer der größten Bereiche unseres Instituts. Das reicht Elias aber nicht, denn wir sind nur für Alltagsdinge zuständig. Er würde gerne nach Berlin in das Institut für Politische Entscheidungen berufen werden. Dort gibt es Arbeitsgruppen mit fünfmal so vielen Experten für die Nutzen-Kosten-Abwägungen aus den unterschiedlichsten Bereichen. Dort werden alle wichtigen Entscheidungen unserer gesamten Zone getroffen. Unrealistisch für ihn, dahin zu kommen, dafür ist er nicht gut genug. Dann könnte er sich ja genauso gut gleich wünschen, nach Brüssel für die Angelegenheiten der europäischen Zone oder, ach was, gleich in den Expertenfundus des Internationalen Utilitas-Rates zu kommen. Total unrealistisch.

Draußen weht eine schwache Brise. Ich gehe durch den Park. Zu Fuß brauche ich zwanzig Minuten. Ich könnte einen Bus nehmen, der auf der Hauptstraße um den Park außen herumfährt. Aber damit zu fahren ist für mich nicht effektiv. Das habe ich gleich am ersten Arbeitstag überprüft. Außerdem ist jeder Schritt sinnvoll. Meine Gesundheitsbilanz ist gut, tolle REM-Schlafphasen und wenig Kalorien, es könnte aber mehr Bewegung sein. Dann käme ich auch endlich bei der Krankenkasse in eine bessere Kategorie.

Was ist da vorne am Baum? Eine Decke? Als ich ein bisschen näher herantrete, erkenne ich, dass es ein Mensch ist, der sich eine Decke übergeworfen hat. Was soll denn das? Der Mann hustet stark. Ich bin kein Arzt, aber das klingt nach einer Lungenentzündung.

Ich will meinen Weg fortsetzen.

Plötzlich ruft der Mann mir mit rauer Stimme nach: „Ich brauche trockene Sachen, die hier sind zu nass."

„Warum gehst du nicht nach Hause?", frage ich.

Er röchelt mehr, als dass er lacht.

„Würden Sie mir bitte ihre Jacke geben?“ Er reibt mit beiden Händen seine Schultern. Ein beißender alkoholischer Geruch geht von ihm aus. Vielleicht sollte ich besser weitergehen. Gerade, als ich mich abwenden will, hebt er seinen Kopf. Nun liegt sein Gesicht nicht länger im Schatten.
„Mike!“
„Oh, du bist es.“
Ich strecke ihm die Hand hin und helfe ihm auf. Er ist sehr mager und schwach.
„Ich dachte, du wärst zu einem der Arbeitscamps gegangen.“
„Ja, da war ich auch, aber …“ Ein heftiger Hustenanfall schüttelt ihn, „ … aber ich hab’s da nicht ausgehalten, mir ging es so schlecht.“
Ich runzle die Stirn. „Da hattest du aber doch wenigstens ein Dach überm Kopf, etwas zu Essen und was zu tun. Wie konnte es dir da schlecht gehen?“
Mike hüllt sich wieder in die feuchte Decke, von deren Zipfel es leise tropft. Es hat gestern den ganzen Tag geregnet.
„Aber mir ging es trotzdem schlecht!“, faucht er.
Mike war früher auch bei uns im Institut angestellt gewesen, er war für die Cafeteria zuständig. Also nicht für das Kochen. Nein, kochen konnte er nie gut. Er war für alles andere da. Vor acht Monaten hatte er gehen müssen. Er war in der quartalsüblichen Nutzen-Bilanz unter dem roten Strich gelandet. Aber das war absehbar gewesen. In den zwei Monaten davor war ihm ständig etwas heruntergefallen und einmal hatte er angeblich sogar absichtlich Teller zerschlagen.
„Kriege ich nun deine Jacke?“, fragt er mich abermals.

Er hatte fünf Jahre mit seiner Lebensgefährtin Jana im gegenüberliegenden Haus gelebt. Fünf Jahre und keine Kinder. Mike und ich kannten uns schon so lange, deshalb hatte ich ihn zum Arzt begleitet. Der vermutete, es läge an Mike und wohl nicht an Jana. Tatsächlich, nachdem sie bei

Mike ausgezogen und bei mir eingezogen war, dauerte es gerade mal neun Monate, bis unser kleines Mädchen zur Welt kam.

„Was ist?“, unterbricht mich Mike in meinem Erinnerungsschwall.
Da bemerke ich erst, dass ich lächle, so wie ich es immer tue, wenn ich an die Hände und Füße unseres Babys denke. „Also du möchtest meine Jacke?“
Mike nickt.
Ich hole mein Smartphone heraus. Tippe die App an und warte, sie braucht einige Sekunden zum Laden. Ich gebe ein: „Verleihen/Verschenken – Bekannte Person – Wichtigkeit ...“ Naja, er hat nasse Klamotten und eine Lungenentzündung „… hoch – Familie: Nein – Freunde: wenig – abhängige Personen: 0 – Lebenserwartung ...“ Neue Rubrik „Lebenserwartung: Alkoholiker + Lebenserwartung Lungenentzündung – ohne medizinische Versorgung …“ Ich speise immer wieder noch ein paar Spezifizierungen ein. Dann drücke ich auf „Senden“.
Die Antwort erfolgt prompt. „Nein!“
Ich nicke Mike zum Abschied zu und schlendere den Parkweg entlang. Danke an mein Institut. Ohne die Expertengruppen hätte ich für die richtige Entscheidung viel Zeit investieren müssen, um den Nutzen zu ermitteln. Viel Zeit für ein Wort – keine gute Bilanz. Jetzt ist erstmal Zeit fürs Abendessen.

Annika List kommt aus Lauterbach, ist 1997 geboren und besucht die Vogelsbergschule in Lauterbach.

„Und der Stern will scheinen,
Auf die Liebste meine,
Wärmt die Brust, mir bebt,
Wo das Leben schlägt,
Mit dem Herzen sehen,
Sie ist wunderschön.“
Rammstein

Annika List

Hässlich

Hässlich

Ich starre auf die breite Eingangstür des Schulgebäudes, und mit jeder Minute, die ich warte, werden meine Hände feuchter, mein Atem wird schneller. Wo bleibt sie nur?
Bereits fünf Minuten sind vergangen, seit die Schulglocke geläutet hat, die Schüler verlassen nach und nach das Gebäude. Sie sind klein und groß, blond und brünett, dick und dünn, sie laufen über den Schulhof, alleine oder mit Freunden, mit Taschen oder Rucksäcken. Aber keine Spur von meiner Tochter. Die helle Mittagssonne strahlt warm auf mich und den schwarzen Golf herab, an den ich mich anlehne.
Es ist heiß, mein schwarzer Pullover reibt und kratzt an meiner Haut. Ich würde ihn gerne ausziehen, aber sie könnten es sehen.
Jenny kommt nicht, noch immer strömen die anderen Schüler heraus, andere Kinder anderer Eltern. Doch sie muss noch in diesem Gebäude sein. Was ist, wenn sie bedroht wird? Wenn sie wieder Schaden nimmt? Ich spiele mit dem Gedanken, hineinzugehen und sie zu suchen, doch bevor ich mich dazu entschließen kann, sehe ich ihren blonden Lockenkopf.
Sie kommt auf mich zu, Gott sei Dank, ihr ist nichts geschehen. Den Kopf hat sie gesenkt, sie läuft in langsamen, schleifenden Schritten und der große Rucksack scheint sie niederzudrücken. Das arme Kind tut mir so leid.
„Hey", sage ich so liebevoll wie möglich, „alles Gute zum Geburtstag."
Sie lächelt müde, und ich frage mich, ob etwas passiert ist.
Ihre runde Brille sitzt schief und sie presst die schmalen Lippen zusammen.
Ich öffne ihr die Beifahrertür, sie wirft ihren Rucksack in den Fußraum und steigt ein. Ich setze mich ans Steuer.
„Wie war die Schule?"
„Gut."

„Haben sie dich in Ruhe gelassen?“
„Ja.“
Ich fahre langsam, schlängle mich durch den dichten Verkehr an der Schule.
„Hey …“, sage ich, „heute wirst du elf Jahre alt. Wünschst du dir etwas Besonderes?“
Sie schüttelt langsam den Kopf.
Was ist nur los mit ihr? Ich werde wieder nervös, mir wird warm. Ich öffne ein Fenster und fahre rechts ran.
„Warum bist du so still?“, frage ich besorgt, doch von ihr kommt keine Antwort.
„Jenny. Schau mich an.“
Sie dreht sich mir zu und sieht mich traurig an.
„Keiner hat daran gedacht.“
Mir wird schlecht, ich weiß nicht warum, aber immer, wenn sie so traurig dreinschaut, wird mir schlecht. Sie ist gestraft, wieso hat Gott sie gestraft? Was ist das für ein Gott, der einen Menschen so hässlich macht? Wieso hat er mich so hässlich gemacht und zugelassen, dass sie es auch wird? Nur deswegen sind die anderen Kinder grausam zu ihr, man verachtet die Hässlichen. Es gibt für uns kein Leben in dieser Welt, es gibt für die Hässlichen keine Zukunft. Die Welt gehört den Schönen.
Ich umgreife fest das Lenkrad, mir wird schwindelig, die Übelkeit nimmt zu, mir wird eng im Auto, der Pulli kratzt wieder.
„Die anderen Kinder sind dumm!“, zische ich. „Hör doch nicht auf die. Aus denen wird niemals etwas werden.“
„Und aus mir schon?“
Ich versuche, mich zu beruhigen, atme tief durch und schaue ihr in die Augen.
„Natürlich. Du bist ein kluges Mädchen. Man darf die Leute nicht nach ihrem Äußeren beurteilen, die anderen sind vielleicht hübscher und beliebter

als du, aber Schönheit bringt sie nicht weiter."
Ich weiß nicht, wieso ich versuche, ihr das einzureden.

Schönheit ist alles, was zählt, das habe ich in meinem Leben oft genug feststellen müssen. Ich drehe den Zündschlüssel und der Motor springt an, wir fahren nach Hause. Ich mache mir Vorwürfe, dass ich heute Morgen nicht da gewesen bin, um sie in die Schule zu fahren, dass ich sie mit dem Bus habe fahren lassen. Doch jetzt ist das alles nebensächlich, jetzt sind wir Zuhause, wo ihr niemand etwas anhaben kann. Ich schließe das Haus auf und gehe in die Küche. Es riecht nach dem Mittagessen, das ich für Jenny vorbereitet habe. Ich ziehe mir die dicken Handschuhe über und öffne den Ofen, Jenny stellt ihren Rucksack ab und setzt sich an den gedeckten Tisch. Ich habe für sie extra Happy Birthday-Servietten gekauft, an der Lampe hängen Luftballons. Sie freut sich, das sehe ich ihr an, sie freut sich ganz bestimmt.
Aus dem Ofen hole ich eine selbstgebackene Pizza, die ich stolz vorzeige. Ich schneide für uns beide ein großes Stück ab und setze mich zu ihr an den kleinen Küchentisch.
„Lass es dir schmecken", sage ich fröhlich und beiße ab, doch Jenny sieht nicht besonders glücklich aus.
„Vielen Dank, Mama", sagt sie leise, doch der Bissen bleibt mir im Hals stecken. Schnell trinke ich einen Schluck. Mir ist wieder übel.
„Was ist nur los mit dir?", frage ich leise und mir treten Tränen in die Augen. Dabei hatte ich alles so schön vorbereitet, wollte sie glücklich machen, endlich mal wieder ehrlich lächeln sehen, doch sie ist und bleibt traurig.
„Wieso hast du gesagt, dass ich hässlich bin?", fragt sie auf einmal und mir dreht sich der Magen. Wieder wird mir schwindlig und endlich ziehe ich den schwarzen Pulli aus, um besser atmen zu können. Jenny sieht mich an und wartet auf eine Antwort, doch mir fällt keine ein.

„Du bist nicht hässlich“, lüge ich, „es ist die innere Schönheit, die zählt.“
„Aber ich möchte auch äußerlich schön sein“, sagt sie und ihre Augen füllen sich mit Tränen. „Wieso bin ich hässlich?“
„Ich kenne Gott nicht“, antworte ich gereizt, „ich kann seine Gedanken nicht erraten, und ich weiß nicht, warum er die Menschen so erschafft, wie sie sind. Sieh mich an, ich bin hässlich, ich war es immer, und so bist auch du, dafür können wir beide nichts.“
Ich versuche, mich zu beruhigen, doch mein Herz rast, meine Gedanken überschlagen sich und in mir steigen Erinnerungen auf, die ich vor langer Zeit verdrängt habe.
„Aber du wirst ganz sicher zu einem wunderschönen Schwan heranwachsen, wie das kleine graue Entlein in der Geschichte, erinnerst du dich?“
Meine gut gemeinten Worte scheinen sie noch schlechter zu stimmen, und sie schiebt ihren Teller von sich fort.
„Es tut mir leid, Mama“, sagt sie leise, „aber ich habe keinen Hunger.“
Sie steht auf, und ich hebe erschrocken den Kopf.
„Warte doch bitte!“
Jenny dreht mir den Rücken zu.
„Es sind die anderen Kinder, nicht wahr? Sie machen dich so traurig. Sag mir, wer dich ärgert, ich rufe seine Eltern an. Sag es mir.“
Jenny geht, doch ich laufe ihr hinterher.
„Jenny!“

Nach einiger Zeit habe ich mich etwas beruhigt. Ich sitze auf der Terrasse, stecke mir mit zitternden Händen eine Zigarette an und starre ins Leere. Die Party ist vorbei, sie hat niemals wirklich begonnen, alles ist ruiniert und ich sitze auf diesen Ruinen und weiß keinen Rat. Ich höre Schritte im Haus, denke an Jenny, hoffe, dass sie zu mir kommt.
Dann steht sie hinter mir in der Tür.
„Mama?“, fragt sie mit schwacher Stimme. „Geht es dir besser?“

Ich drehe mich um und sehe sie mit verquollenen Augen an. „Ja Liebling, es war nur eine Panikattacke, du kennst das ja. Kein Grund, sich Sorgen zu machen."
„Es tut mir leid", sagt sie leise, „heute ist Elternsprechtag in der Schule, die Schüler müssen mitkommen. Ich wollte mit dir zusammen dahin gehen."
Ich versuche, zu lächeln. Es fällt mir schwer.
„Aber wir haben doch gesagt, an deinem Geburtstag gehen wir nicht hin."
„Doch, bitte", sagt Jenny und sie klingt verzweifelt, „ich möchte wirklich hin."
Ich nicke langsam und gebe nach. „In Ordnung, wir gehen hin."
Ich fühle mich nicht wohl bei dem Gedanken, ich möchte nicht in die Öffentlichkeit, fühle mich noch zu labil, um nach draußen zu gehen. Doch es ist ihr Geburtstag, also werde ich ihr diesen Wunsch erfüllen.
Ich hasse Elternabende. Wir sitzen alle in einem Kreis, die Lehrerin gibt ein paar Themen vor und die Eltern streiten sich darüber, ob das gut für ihre Kinder ist. Ich halte mich immer zurück, ich möchte nichts mit den anderen Eltern zu tun haben, solange es meine Tochter nicht betrifft. Es wird derselbe Schwachsinn erzählt wie jedes Mal, es zieht sich unnötig in die Länge, und Jenny sitzt neben mir wie die anderen Schüler auch neben ihren Eltern, sie sagt nichts, sie hört nur zu, und ich frage mich, wieso sie hierher kommen wollte.

Als der Elternabend vorbei ist, verlassen wir so schnell wie möglich den Klassenraum. Es ist schon spät, doch draußen ist es noch hell. Kinder spielen auf dem Schulhof, ihre Eltern bleiben noch drin, um sich zu unterhalten.
Als wir dabei sind, das Gebäude zu verlassen, sagt Jenny plötzlich: „Ich habe einen Wunsch."
„Ja?", frage ich verwundert, „welchen denn?"
„Ich möchte, dass du zu den anderen Eltern gehst und mich mit meinen Mitschülern allein lässt. Ist das okay?"

Ich sehe sie erschrocken an, werde wieder nervös, verschränke die Arme. „Wenn du das so möchtest“, sage ich vorsichtig, „aber ich komme in zehn Minuten nach.“

Jenny lächelt und ihr Lächeln ist echt. Ich kann es kaum fassen, sie sieht ganz anders aus, wenn sie lächelt. Sie sieht beinahe hübsch aus. Ich drehe mich um, gehe langsam zurück in Richtung Klassenraum, sehe noch einmal kurz nach ihr, doch sie ist schon auf dem Schulhof verschwunden. Ich setze mich nicht zu den anderen Eltern, sondern gebe vor, dass mich die Gemälde der Schüler interessieren, die an den Wänden hängen. Ich höre die anderen Eltern tuscheln, sie reden über mich, sie reden über meine Tochter und über unsere Familienverhältnisse. Ich werde nervös. Meine Haut juckt und ich beginne, mich zu kratzen. Als die zehn Minuten endlich verstrichen sind, eile ich nach draußen, ich habe das Gefühl, in Ohnmacht zu fallen, die letzten Meter renne ich fast und was ich sehe, raubt mir den Atem. Sie stehen in einem Kreis, Jenny in der Mitte. Ich höre sie weinen, ich höre die anderen Kinder reden und lachen, und ohne nachzudenken, renne ich los, auf die Kinder zu. Mir wird schwarz vor Augen, alles um mich herum dreht sich.

„Ihr verdammten Bastarde!“, schreie ich und meine Kehle fühlt sich rau an, ich komme mir vor wie ein Tier, als ich in den Kreis dränge und dem Jungen, der meiner Jenny am nächsten steht, einen Tritt versetze. Er stürzt zu Boden, ich trete nach ihm, die anderen Schüler schreien und rufen. Ich drehe mich ihnen zu, kann kein Gesicht erkennen, alles ist verschwommen, mir ist so übel.

Ich schreie, ich weiß nicht, was ich schreie, ich schreie sie an.

„Ihr dummen Mistkinder!“, kreische ich.

Sie laufen davon, ich jage ihnen hinterher und höre, wie manche weinen. Ich sehe wie Menschen aus der Schule herausrennen. Jemand läuft mir wütend entgegen.

Ich kratze mich am Arm, es brennt. Ich sinke zu Boden, beginne zu schluchzen, denke an die vollen Teller, die mit Liebe gebackene Pizza,

die Luftballons und die Partyservietten und schluchze noch lauter. Warum will sie nie mit mir reden? Warum lässt sie niemanden an sich heran? Ich schreie, versuche alles hinauszuschreien. Ich presse meinen Kopf auf den Boden. An meinem Arm sind rote Striemen, sie bluten, mein Kopf dröhnt, mein Herz hämmert. Wieso tut Gott uns das an? Wieso tut er mir das an? Wieso tut er das meiner Tochter an? Ich kralle mich in meinem Haar fest, will, dass es aufhört, will, dass es endlich vorbei ist, doch es geht immer weiter und weiter, tut immer mehr weh, und der Schmerz hört nicht auf.
Ich kann nichts mehr hören, bin stumm, alles um mich herum verschwimmt zu einem Bild aus Wut, Angst und Schmerz.

Ich höre Stimmen, ich höre Gelächter, „du Hässlon!“, höre ich jemanden rufen und lachen. Ich liege am Boden und sehe Gesichter, die sich über mich beugen. „Deine Eltern waren bestimmt Geschwister! Hoffentlich stirbst du bald!“

Als ich die Augen aufschlage, kehrt Stille ein. Mein Kopf schmerzt. Die Stimmen sind verklungen. Ich erwache in einem fremden Raum, liege auf einem Sofa. Ich sehe meine Tochter. Etwas weiter weg sitzt der Junge, auf den ich eingetreten habe, mit seiner Mutter. Er hat ein blaues Auge, die Mutter funkelt mich zornig an, Jenny sieht zu Boden.
Ich setze mich auf.
„Wo bin ich?“, frage ich schwach.
„Du bist in der Schule, Mama“, antwortet Jenny, „wir haben dich hierher gebracht.“
Ich blicke zu dem Jungen, dann zu seiner Mutter.
„Es tut mir leid“, flüstere ich, doch die Mutter scheint das nicht zu kümmern.
„Wie kann man nur so krank sein?“, fragt sie hasserfüllt. Langsam kommt alles zurück, und ich weiß wieder, wieso ich hier bin.

„Nicht ich bin krank“, antworte ich, „ihr seid es. Eure Kinder sind es. Ihr lacht meine Tochter aus, weil sie anders ist, weil sie hässlich ist. Weil sie nicht eurem Schönheitsideal entspricht. Ihr seht sie an und denkt: Was ist das nur für eine Krankheit? Ihr seid die Monster! Nicht sie.“

Ich gerate wieder in Rage, ich muss mich beruhigen.

Nun ist es der Junge, der mich zornig anstarrt und das Wort erhebt: „Niemand sagt, dass Jenny hässlich ist. Wir haben Angst vor Ihnen. Jenny hat Angst vor Ihnen. Sie sind das Monster. Jenny ist kein bisschen hässlich.“

Jenny sieht auf, sieht mich aus roten, verquollenen Augen an. „Sie haben mir zugehört, Mama. Sie haben mich nicht geärgert, vorhin auf dem Schulhof. Sie haben sich nur angehört, was ich zu sagen hatte. Und du … du hast ihnen wehgetan.“

Ich blicke sie an, sehe die wütende Mutter, den wütenden Jungen.

Und ich sehe meine Tochter, meine wunderschöne, traurige Tochter.

Farnaz Nasiriamini kommt aus Butzbach, ist 1994 geboren und hat das Weidiggymnasium in Butzbach besucht.
Jetzt studiert sie in Friedrichshafen.
Farnaz war bereits Preisträgerin beim Jugendliteraturpreis 2013.

„Wer A sagt, der muss nicht B sagen. Er kann auch erkennen, dass A falsch war."
Bertolt Brecht

Farnaz Nasiriamini

Nachts bin ich beinahe unsichtbar

Für diejenigen, die an die Macht der Worte glauben.

Nachts bin ich beinahe unsichtbar

Nachts bin ich beinahe unsichtbar.
Wir haben zusammen den Vollmond schwinden sehen, während wir auf den Dächern der Stadt, mit Alkohol im Blut, auf die junge Sonne gewartet haben. Jedes Mal habe ich in Lukas' Augen geblickt. Am stärksten ist die Zweisamkeit nachts.

Zum Abschlussball kam Lukas im dunkelblauen Anzug. „Vergiss mich nicht", flüsterte er mir an unserem letzten Abend zu und legte mir eine kleine Halbmondkette um den Hals. „Ich trage die andere Hälfte", sagte er und zeigte auf sein Handgelenk.
„Niemals, jeder Vollmond gehört uns ", flüsterte ich und schaute dabei in seine blassblauen Augen. Er nahm meine rechte Hand, und ich ließ mich in meinem roten Kleid in seine Arme fallen. Lukas meinte, Rot würde mir stehen. Meine Hautfarbe betonen.
Es wurden viele Fotos von uns zweien gemacht. „Wir werden es schaffen", sagte Lukas. „Nach vier Jahren hält die Beziehung das aus."
„Geh und lebe deinen Traum", gab mir mein Direktor lächelnd mit auf den Weg. Und ich lächelte mit ihm in die Kamera.

Der Alltag holte mich schnell ein: fremde Stadt, neue Freunde, Leben in der Wohngemeinschaft, Partys, Auslandssemester und dann noch die Prüfungsphasen. Das Schlimmste an der Entfernung ist, dass man irgendwann nicht mehr weiß, ob man vermisst oder vergessen wird. Nach und nach haben wir uns aus den Augen verloren. Bis Lukas mich an einem Spätnachmittag im Sommer auf Facebook anschrieb. Ich hatte gepostet, dass ich nun in Stuttgart studiere.

„Wohnst du jetzt in Stuttgart?“
„Ja“, antworte ich.
„Cool. Hast du Lust mit mir und meinen Freunden was trinken zu gehen?“
„Klar, würde mich freuen. Ich kenne ja noch nicht so viele Leute …“
„Haben uns lange nicht gesehen.“
Drei Jahre, denke ich. „Ja.“
„Das ‚Lush‘ in der Augustenstraße. Meine Lieblingsbar, immer was los, coole Leute, mega Musik und so. Die besten Drinks.“
Ich will eigentlich nur dich sehen, denke ich. „Hört sich gut an.“
„Morgen Abend, acht Uhr?“
„Bis dann.“

Den ganzen Tag blicke ich immer wieder auf die Uhr im Schlafzimmer. Die Zeit vergeht elend langsam. Versuche, im Bett zu lesen. Dann am Schreibtisch zu lernen. Zwecklos. Checke mein Smartphone. Blicke auf die Uhr. Räume Geschirr in den Schrank. Blicke auf die Uhr. Die Zeiger scheinen still zu stehen. Suche Kleidung in den Umzugskartons. Ziehe ein grünes Kleid an, ziehe es wieder aus. Blicke auf die Uhr. Checke mein Smartphone. Ziehe mir einen Lidstrich. Bekomme keine gerade Linie hin. Suche nach Abschminktüchern.

Es ist kurz vor sieben. Stehe nur in Unterwäsche in meinem Schlafzimmer. Schiefer Lidstrich an einem Auge. Weiß immer noch nicht, was ich anziehen soll. Tupfe mit einem Taschentuch und Creme den Lidstrich weg. Wühle in Umzugskartons, finde meine helle Lieblingsjeans und ein rotes Top. Binde mir die Haare zu einem Zopf. Passt schon. Haustürschlüssel. Smartphone. Noch dreißig Minuten.

Verlangsame meine Schritte. Dank Google Maps biege ich zehn Minuten zu früh in die Augustenstraße ein. Ich schwitze.

Die Abenddämmerung ist angebrochen, zwei Kinder rennen mir mit großen Eisbechern in den Händen lachend entgegen. Die Eltern laufen Händchen haltend hinterher, schauen mich musternd an. Ich stinke, denke ich genervt.

Die Cafés sind gut gefüllt, die Menschen wirken entspannt. Ein junger Straßenmusikant lehnt an einer Mauer und singt: „… and after all, you are my wonderwall …"

Werfe ihm eine Münze in seinen Hut.

Abrupt bleibe ich stehen. Vielleicht sollte ich Lukas absagen.

Checke mein Smartphone. Eine PopUp-Benachrichtigung. Von Lukas.

„Wir sitzen schon drinnen."

Fuck, denke ich und setze mich auf die Bank an der Bushaltestelle. Lausche der Musik. Ganz ruhig Lara, rede ich mir ein, während ich nervös mit meinem rechten Fuß wippe. Das wird schon. Tief einatmen, spreche ich mir in Gedanken Mut zu. „Bin gleich da", schreibe ich zurück und bleibe sitzen. Reibe mit beiden Händen die Augen, strecke mich. Bin plötzlich müde. „Bringen wir es hinter uns", flüstere ich und stehe auf.

Als ich die Bar betrete, ist es schon kurz nach acht. Suchend blicke ich durch den Raum. An den Wänden hängen Schwarz-Weiß-Fotos mit Motiven von Menschen von allen Kontinenten. An den drei Tischen vor mir wird Shisha geraucht. In den Ecken stehen dunkelbraune Sofas. Es ist stickig, und für die Uhrzeit sind erstaunlich viele Gäste da.

„Lara", höre ich meinen Namen. Lukas steht hinter mir. Ich drehe mich um und er lächelt mich an. „Schön, dich endlich wiederzusehen", sagt er und zieht mich rechts in die Ecke zu den Sofas am Fenster.

Zwei Frauen und ein Mann sitzen dort und trinken Cocktails. „Leute, das ist Lara", stellt mich Lukas vor. Ich lächle die drei an. „Lara, das ist Hannah." Hannah sitzt auf dem Sofa links neben mir, schaut kurz hoch, nickt, tippt auf ihrem Smartphone weiter. Ihre braunen Haare umrahmen

das ovale Gesicht. Sie hat ein schwarzes Kleid an, ihre Haut ist blass.
„Das ist Judith."
Eine zierliche Frau mit knallroten Lippen steht auf, umarmt mich fest. Ihr starkes Parfüm lässt mich husten. Als ich aufstehe, hätte ich beinahe Hannahs Cocktail umgestoßen. „Und das ist Paul." Paul sitzt rechts neben Lukas. Er steht auf, gibt mir die Hand. Ich drücke sie kurz und setze mich.
„Was willst du trinken?", fragt Lukas. Er grinst mich an.
Es ist, als hätte er sich in den vergangenen drei Jahren nicht verändert.
„Ich nehme erst mal eine Cola."
Er nickt, steht auf.
„Ich hol dir eine, bleib ruhig sitzen."
„Du trinkst keinen Alkohol?", Hannah mustert mich von der Seite.
„Heute lieber nicht, nein …", ich bin verunsichert.
„Trinkst du nur heute keinen Alkohol oder grundsätzlich nicht."
„Heute", sage ich, während ich nach Lukas schaue, der er an der Theke steht.
„Wie heißt du nochmal?", fragt Hannah.
„Lara", fällt mir Judith ins Wort. „Mensch, Hannah, pass doch mal auf, wenn man dir was erzählt!"
Hannah packt ihr Smartphone weg, schlägt ein Bein über das andere, beugt sich zu mir und schaut mich neugierig an. Was ist denn mit der los, denke ich. Ich blicke sie kurz an und schaue dann wieder zur Theke. Lukas soll endlich kommen.
„Du warst also mit Lukas in der Schule?" Paul versucht sich an einer Unterhaltung. Ich hasse gezwungene Gespräche. Trotzdem nicke ich ihm zu.
„Und was bist du?", fragt er.
„Was?" Irritiert schaue ich ihn an.
„Ich meine, woher kommst du?"

„Aus Frankfurt."
„Nein, woher du eigentlich kommst?"
Aus dem Uterus meiner Mutter, denke ich genervt.
„Ich meine, woher deine Eltern kommen?"
Gerade als ich Nigeria sage, kommt Lukas mit meiner Cola zurück, in der eine Zitronenscheibe schwimmt.
„Danke", sage ich und nehme gleich einen großen Schluck.
„Fliegst du dann auch manchmal in die Heimat?", will Judith wissen.
„Ab und zu werde ich bestimmt nach Frankfurt fahren."
„Nein, ich meine nach Nigeria", sagt Judith.
Weil ich schwarz bin oder was, denke ich. „Ich war noch nie da."
Alle nicken und schweigen.
„Machst du hier eine Ausbildung?", fragt Paul. Er versucht, nett zu sein. Aber der Abend ist für mich gelaufen.
„Nein, ich mache hier meinen Master."
Paul reißt die Augen auf. „Wow, Respekt", sagt er.
„Lara war schon immer die Klügste." Lukas lacht. Ich stupse ihn mit dem Zeigefinger in die Seite.
„War bestimmt nicht leicht für dich", sagt Judith. „Du sprichst so gut Deutsch. Du bist viel deutscher als die meisten Ausländer. Du hast sogar einen deutschen Namen."
Sie meint es nicht böse, rede ich mir ein. Ignoriere es einfach.
Lukas schaut mich mit besorgtem Blick an. Ich frage mich, was er denkt, wenn er mich ansieht.

Inzwischen haben wir auch Essen bestellt. Ich trinke doch ein Bier. Höre den Gesprächen nicht mehr zu, schaue raus in den Sternenhimmel. Ich glaube nicht an Schicksal. Es ist Vollmond.
Nachdem ich den letzten Schluck aus meinem Glas getrunken habe, esse ich mein Steak. Hannah will mich wieder in ein Gespräch verwickeln.

„Das ist Schwein, was du da isst."
Ich nicke.
„Sag mal Lara, hast du einen Freund?"
„Nein, bin gerade Single."
„Erlauben dir deine Eltern, dass du einen deutschen Freund hast?", lässt sie nicht locker.
Es reicht. Ich blicke fassungslos in die Runde.
„Die ist betrunken." Paul versucht, die Situation zu entschärfen.
Aber betrunkene Worte sind nüchterne Gedanken.
„Lara und ich waren zusammen, Hannah." Lukas schaut die Braunhaarige wütend an.

Ich stehe auf, lege einen Zwanziger auf den Tisch und verlasse wortlos die Bar. Manchmal ist Schweigen die einzige Möglichkeit, zu zeigen, wie verletzt man ist. Als ich auf die Straße trete, höre ich Lukas meinen Namen rufen. Ich bleibe stehen, schaue hoch zum Himmel.

Nachts bin ich beinahe unsichtbar.
Lukas drückt mich an sich.
An seinem Handgelenk glänzt ein kleiner Halbmond.
Nachts ist die Zweisamkeit am intensivsten.

Clara Nell kommt aus Bad Nauheim, ist 1995 geboren und hat die St.-Lioba-Schule in Bad Nauheim besucht.

„Die Möwen sehen alle aus, als ob sie Emma hießen.“
Christian Morgenstern

Clara Nell

Vergissdeinnicht

Für Mama (weil Papa immer die Bilder kriegt).

Vergissdeinnicht

Als sie es mir sagte, dachte ich: Jetzt ist alles vorbei. Ich war so entsetzt, so vernichtet, dass ich nicht einmal weinen konnte. Durch das Fenster im Sprechzimmer konnte ich nach draußen blicken. Wohnsiedlung. Park. Am Himmel, der von Vogelschwärmen getupft war, standen feiste Regenwolken.

Die Neurologin war eine junge, müde aussehende Frau mit strengem Pferdeschwanz, Arztkittel und einem Stethoskop, das mich an eine Würgeschlange erinnerte. Ich wollte es nicht glauben, und eigentlich konnte ich das auch nicht glauben. Ich, Alzheimer? Das klang so abwegig, dass ich glaubte, die hätten bei einer dieser vielen Untersuchungen einen Fehler gemacht, etwas falsch gemessen oder Ergebnisse vertauscht. Es gibt schließlich auch Ärzte, die nehmen den Leuten aus Versehen das falsche Bein ab. Ich, Alzheimer? Absurd.
Mir ging es doch gut, ich konnte mich problemlos um mich selbst kümmern. Mutti, du bist immer so vergesslich in letzter Zeit! Mutti, du hast schon wieder dein Jäckchen auf links! Mutti, das muss sich ein Arzt anschauen. Dass Marte immer den Teufel an die Wand malen muss. Vor zwei Jahren dachte sie, das Muttermal an meinem Hals sei Hautkrebs. Und jetzt? Ein bisschen Altersvergesslichkeit, und sie schreit: „Dement, dement!"

Ich verließ die Praxis mit einem schlechten Gefühl. Ich versuchte, mir einzureden, dass es an den dunklen, bedrohlichen Wolken lag, die den Himmel bedeckten – immerhin war ich mit dem Fahrrad hier. Mein Magen fühlte sich flau an, hob und senkte sich beim Fahren. Aber es war nicht die Anstrengung, die mein Herz wie einen kleinen Vogel flattern ließ. Und es war nicht der beißende Fahrtwind, der mir die Tränen in die Augen trieb, auch, wenn ich mir wünschte, es wäre so.

Ich weiß nicht mehr, wie ich es nach Hause geschafft habe, aber ich weiß, dass ich erleichtert war, als ich die Tür öffnete. Seit dem Tod meines Mannes lebte ich allein. Normalerweise fühlte ich mich in unserer Wohnung ein wenig einsam, aber heute empfand ich es als Gnade, dass mich niemand fragte, wie es mir gehe. Ich war in den Schutt gekommen. Kalt und klamm klebten mir die Sachen am Körper, meine mit Regenwasser vollgesogenen Schuhe quietschten. Ich tropfte den Läufer im Flur voll. Ich setzte mich auf das Sofa und betrachtete die Fotos an den Wänden, um mich zu beruhigen. Mein Mann Emil, ich und Marte zwischen den frisch gepflanzten Rosenbüschen; der Garten war Emils ganzer Stolz. Marte auf der Kinderstation, und Emma, so klein in ihren Armen. Marte bis zum Bauchnabel im Meer, ihr erster Badeanzug müsste noch auf dem Dachboden liegen.
Das Schrillen des Telefons ließ mich aufschrecken. Ich war noch immer durchweicht, zitterte vor Kälte, eigentlich hätte ich mich umziehen müssen. Marte stand auf dem Telefondisplay. Emma hatte ihre Nummer gespeichert. Zuerst überlegte ich, es einfach klingeln zu lassen. Hätte Marte mich nicht gedrängt, wäre ich nie zum Arzt gegangen, wäre dieses Wort nie gefallen. Eigentlich hätte sie verdient, dass ich den Stecker zog und sie ihren Ängsten überließ. Ich nahm trotzdem ab. Was blieb mir auch anderes übrig?
„Hallo, Mutti." Marte klang ziemlich erleichtert.
„Marte."
Ich überlegte, was ich sagen sollte. Wollte nicht darüber sprechen, wusste aber auch nicht, was ich sie fragen oder ihr erzählen könnte. Ich bin kein Mensch, der die Stille mit Geschwätz füllen muss. Alles, woran ich denken konnte, war dieses Wort. Wir schwiegen uns an. Und dann weinte Marte.

Es begann mit Lappalien. Ich verwechselte Namen von Freunden, Verwandten und Nachbarn, ließ Mahlzeiten aus, weil ich vergaß, dass ich noch nicht gegessen hatte. Als mir die Gasgesellschaft den Strom abdrehte, weil ich die Rechnung verlegt und nicht bezahlt hatte, fiel das Wort „Heim“ zum ersten Mal. Ich wehrte mich lange dagegen. Dachte, ich könnte in meiner Wohnung leben, bis es vorbei ist. Aber einer meiner Nachbarn, der Per, lebte auch allein. Er ist in seinem Badezimmer gestürzt, zwei Tage lag er auf dem Fußboden, bis ihn jemand gefunden hat. Das wollte ich nicht.

Meine Enkeltochter Emma ist seit Wochen der einzige Mensch, den ich wirklich um mich haben will. Weil Emma mit mir genauso umgeht wie früher, wie mit einer Erwachsenen, nicht wie mit einem Kind. Wir sitzen gemeinsam auf dem Balkon meines Zimmerchens, genießen die Wärme, trinken eine Plörre namens Kaffee und plaudern. Ich will, dass Emma jenes Buch liest, das ich in ihrem Alter fünf Mal hintereinander verschlungen habe. Emma ist begeistert, ich gehe in das Zimmer und halte mich an der Stuhllehne fest, bis sich meine Augen an die Dunkelheit gewöhnen. Als die tanzenden Flecken vor meinen Pupillen verschwinden, stutze ich. Die Wände meines Zimmers sind nackt, genauso der Nachttisch und die Fensterbänke. Wo sind meine Regale? Wo sind all meine Bücher hin? Es dauert einen Moment, bis mir einfällt, dass ich meine Bücher nicht mitnehmen konnte. Ich muss weinen. Mir ist das alles peinlich und zuwider.
„Oma, wein’ doch nicht, ich bin doch da.“
Emma nimmt meine Hände und streicht sanft über meine Knöchel, bis ich mich beruhigt habe. Und dann mustert sie mich ernsthaft.
„Oma, so kann’s doch nicht weitergehen. Die sperren dich hier weg wie in einer Gruft. Seit du hier bist, heulst du nur noch!“
„Ach, Emmi, Liebchen“, sage ich und seufze, „was soll ich machen? Allein schaffe ich es nicht.“
Emma drückt meine Finger etwas zu fest. Ich blicke in ihr liebes Gesicht und muss lächeln. Sie hat meine Augen, meine Nase. Ich hoffe so sehr, dass ihr das, was mit mir geschieht, erspart bleiben wird.

„Momentan geht's dir noch gut … du kannst doch nicht hier drin vor dich hinsumpfen und auf den Tod warten wollen, oder?" Ich gucke vom Balkon in den Innenhof hinab, wo Menschen, runzlig wie Rosinen, gemessenen Schrittes spazieren. Freigang im Hof. Bei manchen kann man nicht erkennen, wo sie aufhören und die Gehhilfen anfangen.

„Oh Gott", japse ich, als wir über die Autobahn brettern, schon zwanzig Kilometer von Langsamkauen, Langsamgehen, Erwachsenenwindeln und Sichnichtwehtun entfernt. Ich klammere mich mit beiden Händen am Deckengriff fest. Trotzdem ist es großartig. Wir fahren einfach irgendwo hin, ich hab's schon wieder vergessen. Ich bin müde, draußen dämmert es schon zur Nacht. Der Himmel leuchtet im Sonnenuntergang, grellrot und orange und golden, sieht schön aus. Die Landschaft, die an uns vorbei zieht, strahlt in diesem wundervollen, warmen Licht.
Als ich aufwache, stehen wir auf einem Parkplatz und durch die Windschutzscheibe fällt das erste blasse Licht des Morgens. Panik befällt mich. Wie bin ich hier gelandet? Warum hocke ich auf einem Autositz und weshalb tut mir alles so weh? Wo sind wir? Was war los? Wo ist Emma? Ich öffne die Tür und schäle mich aus meinem Sitz, sämtliche Knochen und Gelenke ächzen, meine Muskeln brennen. Schlaftrunken tapse ich ein bisschen auf dem Parkplatz herum. Wo ist Emma? Wieso bin ich nicht im Heim? Wind kommt auf. Die Brise zerzaust mich, ich schmecke das Salz, die Frische der kühlen Morgenluft. Es ist noch diesig, ein milchiger, nebliger Morgen und alles sieht wie unter einem Dunstschleier verborgen aus. Trotzdem kann ich ausmachen, wo der Parkplatz endet, nur ein kleines Stück von hier. Vom Teerdeck des Parkplatzes trete ich auf einen kleinen Steg aus Holzplanken, der sich durch Büsche und mageres Gras windet, um in geringer Entfernung zwischen Dünen aus feinem, cremefarbenen Sand zu verschwinden. Der Salzgeruch im Wind ist stärker geworden, und ich atme tief ein, tief aus, und gehe weiter. Durch die Büsche hin zu den Dünen. Die Planken knarren leise unter

meinem Gewicht. Ich gehe schneller, immer schneller, und mein Herz klopft so sehr, als wollte es mir aus der Brust springen. Ich glaube, wenn ich nicht so alt wäre, würde ich rennen. Von einer Sekunde auf die andere endet die Dünenlandschaft und vor mir breitet sich, flaschengrün und ruhig wie ein Spiegel, das Meer aus. Ich bücke mich, um mir die Stoffschläppchen auszuziehen und lasse sie einfach liegen. Der Weg hierher hat mich schon ein bisschen geschafft, aber ich werde wacher, meine Muskeln entspannen sich. Bis zur Brandung gehe ich, und dann noch ein Stückchen ins Meer hinein. Bis zu den Knöcheln. Das Wasser ist eiskalt, schön frisch. Ich grabe meine Zehen in den Schlick. Langsam verzieht sich der Dunst des Morgens. Die Wolkendecke, die am Himmel hängt, reißt stellenweise auf, gibt kleine, vom Sonnenaufgang zartrosa gefärbte Stückchen des Himmels frei. Ich lege den Kopf in den Nacken und genieße das Licht auf meinem Gesicht, den Salzwind und die sanften, kleinen Wellen, die gegen meine Unterschenkel schwappen.

„Oma, hier bist du.“ Emmas Stimme.

Ich blicke über meine Schulter zum Steg und da steht Emma, genauso zerknittert aussehend, wie ich mich fühle, mit einer Tüte Brötchen in der einen und einem Becher Kaffee in der anderen Hand.

„Lass frühstücken“, sagt sie, gähnt und lächelt.

Wir sitzen an der Wasserlinie, die Füße im Meer, kauen an unseren Schrippen und beobachten, wie sich die Wolken langsam verziehen, die Fischerbötchen draußen über die See gleiten und die Möwen sich aufmachen, um sich Beifang zu erbetteln.

Ich schließe die Augen. Vom Meer weht ein beißender Wind, der Graupelkörnchen mit sich trägt. Aber meine Hände sind warm in den Taschen seiner Wolljacke. Wir kennen uns noch nicht lange, es ist unser erster gemeinsamer Ausflug, doch jede Berührung, jedes Wort fühlt sich vertraut an. Er reicht mir Tee aus der Thermoskanne.

„Das ist sehr lieb von dir, Emil.“

„Emma“, sagt sie.
„Emma“, wiederhole ich.
Emma, mit meinen Augen und meiner Nase und den Sommersprossen, der Zahnlücke und Emils fröhlichem, breiten Lächeln. Ich muss weinen.
„Ist schon gut“, sagt sie. „Alles ist gut.“
Danach sitzen wir noch ein Weilchen am Strand, beobachten die Möwen und die Boote. Emma hat ihren Arm um meine Schultern gelegt. Bevor wir aufbrechen, schreibe ich mit dem Zeigefinger meinen Namen in den Sand. Als wir den Strand verlassen und zurück zum Auto gehen, hat die einsetzende Flut ihn längst fortgewaschen.

Den restlichen Tag verbringen wir an der Küste, Erinnerungen sammeln. Emma kauft an einem Kiosk einen kleinen blauen Lenkdrachen, den wir am langgestreckten, flachen Strand steigen lassen. Der Drache fliegt gut. Er hat einen kleinen Stoffstreifen als Schweif, der lustig im Wind flattert. Ich sehe zu, wie die salzige Brise ihn höher und höher trägt, als Emma Leine gibt. Als wir uns am Drachen sattgesehen haben, packen wir ihn ein und gehen Muscheln sammeln. Wir finden so viele, dass ich mich kaum entscheiden kann, welche ich am liebsten mitnehmen will. Da gibt es kleine, rundliche Herzmuscheln mit Rillen in der Schale, die man mit dem Finger so schön nachfahren kann, Miesmuscheln, deren Inneres in allen Farben des Regenbogens glänzt, lange, scharfe Schwertmuschelschalen und die kleinen, rundlichen Häuser der Wellhornschnecken. Die Häuschen mag ich besonders gern, mit Seepocken verkrustet und so offensichtlich abgenutzt. Und wenn man sie ans Ohr hält, kann man das Meer hören.
Emma sagt: „Meer to go.“

Gegen Abend packen wir zusammen. Wir stinken nach Tang und Schlick, Muscheln und Salz. Als wir in Emmas Auto steigen, verschmieren

wir die Polster mit halb eingetrocknetem Nordseeschmodder. Die Muscheln ruhen in einer Kiste auf meinem Schoß. Eine hübsche kleine Dose, auf der ein Anker abgebildet ist. Emma hat sie für mich gekauft. In der Dose stoßen Wellhornschneckenhäuschen, Sepiaknochen und Schwertmuscheln klackernd aneinander, als ich mich Emma zuwende.
„Gib mir deine Hand", sagt sie.
Aus ihrer Tasche kramt sie einen Marker und neigt konzentriert den Kopf, um mir etwas in die Handfläche zu schreiben. Die Filzspitze des Stifts kitzelt auf der Haut und quietscht ordinär.
„Schau", sagt sie. In fetten schwarzen Lettern steht auf der faltigen, dünnen Haut: Sofie Voigt.
Mein Name.

Die Erinnerungen an diesen Tag sind verschwommen, aber die Kiste mit den Muschelschalen und dem Sepiaknochen habe ich noch. Manchmal nehme ich die Schalen heraus, betaste sie und höre mir das Meer an, wenn ich traurig werde. Meine Verwandten kommen oft zu Besuch, um mit mir Kaffee zu trinken, zu reden und mich aufzuheitern. Ich schätze ihre Bemühungen sehr, allerdings ist Emma das einzige Gesicht, das aus dieser Masse heraussticht. Ich mag es, wenn Emma kommt. Sie hält meine Hand und redet mit mir. Selbst wenn ich nicht alles verstehe und kaum etwas von dem behalte, was sie sagt, bin ich glücklich, wenn sie da ist. Oft habe ich Schmerzen. Ich bin müde, an manchen Tagen komme ich nicht einmal aus dem Bett. Dann liege ich nur da und denke an den Lenkdrachen am Meer.

Ich muss auf die Toilette, kann aber nicht aufstehen. Ich weiß nicht, wo die Toilette ist. Ich rufe, aber niemand kommt. Erst hinterher fällt mir ein, dass ich eine Schwesternklingel habe. Später kommt jemand, um sauber zu machen, mir ist das alles sehr peinlich. Ich bin so wütend, dass mich Emma heute nicht besuchen kommt, dass ich hässlich zu der Frau bin, die mein Bett frisch macht. Danach schäme ich mich dafür, bin aber wütend, dass Emma mich nicht sehen will.

Emma ist nicht da, ich habe Angst. Draußen knallen die Geschütze, es ist wieder Krieg. Ich höre, wie sie schießen und Bomben abwerfen. Ich verkrieche mich unter der Bettdecke und bleibe dort, auch dann noch, als am nächsten Morgen eine Schwester kommt und mir ein frohes neues Jahr wünscht.
Ich habe Angst.

Heute ist eine nette junge Frau mit rotem Haar zu Besuch. Sie sagt, sie heiße Emma. Wir trinken Tee, sie redet mit mir und nimmt meine Hände in ihre. Ihre Hände sind warm. Ich mag Emma.
Heute ist eine nette junge Frau mit rotem Haar zu Besuch. Wir trinken Tee, sie redet mit mir. Ich mag sie.
Heute ist eine nette junge Frau mit rotem Haar zu Besuch. Wir trinken Tee.
Heute ist eine nette junge Frau mit rotem Haar zu Besuch.
Heute ist eine nette junge Frau zu Besuch.
Heute ist eine Frau zu Besuch.
Heute ist jemand zu Besuch.
Heute ist.
Heute.
.

Karin Pietsch kommt aus Rosbach, ist 2001 geboren und besucht die Ernst-Ludwig-Schule in Bad Nauheim.

„Schreiben ist leicht. Man muss nur die falschen Wörter weglassen.“
Mark Twain

Karin Pietsch

Impetus

Diese Geschichte widme ich meiner Familie und meinen Freunden.

Impetus

Ich war geboren. Ich wurde endlich aus dem Leib meiner Mutter heraus gepresst und schon bekam ich einen Klaps auf den Rücken. Ich schrie auf mit meiner ganzen Kraft. Nun konnte ich ein- und ausatmen. Wie mich das freute! Doch gleich darauf kamen drei Männer in schwarzen Anzügen in das Wohnzimmer. Ein Mann streckte seine Arme aus. Sein Grinsen machte mir große Angst. Ich schrie zum zweiten Mal in meinem Leben. Sie entrissen mich den Armen meiner Mutter. Sie schrie: „Was machen Sie mit meinem Kind? Sie ist gerade mal eine halbe Stunde alt. Lassen Sie mich noch ein bisschen Zeit mit ihr verbringen. Bitte!" Meine Mutter krümmte sich zusammen und weinte. Die Männer stiegen in eine Kutsche, legten mich in eine Wiege, zogen die schwarzen Gardinen zu.

Die Kutsche fuhr los, das Rütteln lullte mich ein, ich schloss die Augen und wurde später wach. Die Gardinen wehten im Wind. Ich sah viel Grün. Ich sah auch andere Farben. Die Männer schwiegen, ich schrie. Ein Mann sagte: „Kind, hör auf damit." Der andere Mann sagte: „Frau Devilious wird nicht erfreut sein, dass das Kind lärmt."

Nach einer langen Fahrt hielten wir an. Ich wurde hinausgetragen. Ich sah nur das grüne und bunte Etwas. Kleine Tiere krabbelten zu Füßen der Männer, dicke, dünne, graue, rote. Ein Krabbeltier konnte sogar fliegen. Seine Flügel waren rot und schwarz gepunktet. Ich streckte die Hände nach dem Tier aus, doch es war mir zu schnell.

Die Männer gingen auf ein großes Loch im Boden zu. Der Mann, der mich trug, setzt den Fuß auf die Sprosse einer verschlammten Leiter. Ich wollte es nicht, ich schrie, doch es war alles vergeblich. Das Loch verschluckte mich.

13 Jahre später

Ich lebte seit meiner Geburt im unterirdischen Wohnheim. Ich hatte nur noch wenig Erinnerung an meine Mutter. Ich war mit zwei anderen Mädchen in einem Zimmer untergebracht, ein zwanzig Quadratmeter großes Zimmer. Jede von uns hatte ein eigenes Bett und einen eigenen kleinen Winkel. Zazie Sava, die Zicke. Caroline Speyer, meine beste Freundin. Ich würde in den nächsten Tagen meine Nachnamen erfahren, mit dem man mich nur noch ansprechen würde.

Schon als kleines Mädchen musste ich Arbeiten erledigen, unter Frau Devilious, unserer Rektorin. Viele arbeiteten im Bergwerk, doch einige wenige wie ich wurden von Frau Devilious gelehrt, unsere Fähigkeiten einzusetzen. Mich beachtete sie nicht, weil sie fast nichts über meine Fähigkeit wusste. Sie bevorzugte Zazie und übte viel mit ihr. Mein Vorteil war jedoch, dass ich sie bald mit meinen Fähigkeiten besiegen und fliehen würde. Sie konnte nichts dagegen tun, sie war machtlos dagegen. Jetzt begann der regelmäßige Unterricht mit Frau Devilious.

Zazie erlernte Telekinese, sie konnte mit ihren Gedanken Gegenstände bewegen: Bei einem Wutausbruch schaffte sie Dinge aus dem Weg. Caroline hatte zwei Fähigkeiten. Telepathie und Präkognition. Sie konnte Gedanken lesen und in die Zukunft schauen und Visionen heraufbeschwören. Auch ich hatte zwei Fähigkeiten, Licht und Levitation. Ich konnte wie eine Glühbirne aufleuchten. Mein ganzer Körper strahlte. Wenn man nicht aufpasste, wurde man von diesem Licht geblendet und erblindete. Außerdem konnte ich Menschen und Dinge schweben lassen. Ich durfte Frau Devilious nicht über meine Fortschritte berichten, denn sie merkte sich alles, ich hätte nicht mehr mit meinen Geheimwaffen gegen sie kämpfen können. Ich übte, meine Kraft wuchs. Dann erklärte Frau

Devilious: „Wir sind fertig. Ich möchte, dass ihr beide auf eure Zimmer geht, ich habe noch etwas mit Frau Kuster zu besprechen, Frau Cynthia Kuster. Ich wünsche euch noch einen guten und erfolgreichen Tag. Ich hoffe, ihr werdet schön weiter üben, aber darüber mache ich mir keine Sorgen. Und nun raus mit euch. Abmarsch!"

Ich saß also alleine mit dieser Ziege, meiner Rektorin in diesem kleinen Raum. Sie sprach: „Ich sehe, Sie machen Fortschritte. Ich möchte ein bisschen darüber erfahren."

„Ich möchte nicht mit meinen Fähigkeiten prahlen", erwiderte ich. Sie war verdutzt, das hatte sie nicht von mir erwartet.

„Sie können mir vertrauen. Ich plaudere keine Geheimnisse aus. Ich schreibe es nur in mein schlaues Büchlein", erklärte sie. Sie holte ein Heft mit braunem Ledereinband hervor.

„Ich zeige es niemanden. Glauben Sie mir, es ist die Wahrheit."

Ich starrte gebannt auf das Heft und sagte: „Ich verrate ihnen nur eine Kleinigkeit. Man kann durch Willenskraft Luftwellen erzeugen. Und jetzt möchte ich gehen, wenn Sie es mir erlauben."

„Natürlich. Gehen Sie nur", sagte sie scheinbar freundlich. Ich wusste, dass sie sauer war. Ich ging hinaus, lief durch lange Gänge und erreichte schließlich mein Zimmer. Caroline rannte auf mich zu, umarmte mich herzlich. Sie sagte mir, dass sie mich vermisst hatte. Ich hatte sie auch vermisst. Es war die Hölle, mit Frau Devilious, dieser Kreatur, in einem Raum zu sitzen. Es kam leider sehr oft vor. Es war unerträglich, mich jede Woche verstellen zu müssen und mich nicht zu verraten. Ich überlebte es.

Ich schmiedete mit Caroline einen Fluchtplan. Wir wollten uns in dieser Nacht um drei Uhr in die Freiheit hochgraben. Wir weihten zwei Freundinnen ein: Hannah Reuter und Madeline Schuster. Sie wohnten im benachbarten Zweierzimmer. Zazie schlief immer ganz tief wie ein

Bär im Winterschlaf. Caroline hatte eine Liste der Dinge erstellt, die wir benötigten. Wir kümmerten uns um die Beschaffung. Wir hofften alle sehr, dass nichts schiefgehen würde. Plötzlich kam Zazie in unser Zimmer herein stolziert wie ein Storch und fragte: „Mädchen, packt ihr für einen Ausflug in die Wildnis?“
„Wir … äh … wir räumen auf. Du brauchst schließlich Platz für deine schönen Kleider.“
Caroline konnte sie mit diesen Worten überzeugen. Es war Zeit, ins Bett zu gehen.

Nach vielen, quälend langen Stunden, um kurz vor drei Uhr, schlugen wir die Decken zurück und schlichen mit unseren Rucksäcken leise hinaus. Wir klopften an die Tür unser Freundinnen, die plötzlich aufgerissen wurde. Wir erschraken uns zu Tode und fielen auf den kalten Boden. Madeline und Hannah hatten sich einen Scherz erlaubt. Sie halfen uns auf.
Wir liefen fast eine Stunde lang. Meine Freundinnen benutzten einen normalen Bohrer, ich jedoch bohrte mit Luft. Zum ersten Mal konnte ich meine übernatürlichen Kräfte einsetzen. Es war dunkel. Sie baten mich um Licht, ich fing an, zu glühen.
Hannah wurde plötzlich mit Wucht zurückgeschleudert. Madeline und Caroline rannten sofort zu ihr, ich rannte zum Bohrloch. Ich sah einen Bewegungsmelder mit Kamera. Bestimmt steckte Frau Devilious dahinter, sie durfte nicht zulassen, dass ein Mädchen entfloh.
Ein Licht am Ende des Tunnels. Es kam näher.

Das Licht zerteilte sich in zwei Lichter, zwei leuchtende Augen an der Vorderseite eines großen Kastens auf vier Gummireifen. Frau Devilious saß im Fahrzeug. Ich schlug mit der Faust zu, ich traf sie hart. Damit hatte sie nicht gerechnet. „Das werden sie mir büßen, Frau Kuster!“
„Das war für meine Mutter. Ich hasse Sie. Ich hasse Sie für alles, was sie uns antun. Ich will sehen, wie Sie leiden, ich will Sie töten, auslöschen.“

„Du forderst mich heraus, Kind?“
„Morgen messen wir uns.“
Ich hatte ihr nichts mehr zu sagen. Meine Freundinnen und ich liefen zurück zu unseren Zimmern.

Am nächsten Morgen wurde ich von einem Klopfen geweckt. Ein weißer Umschlag wurde unter der Tür durchgeschoben. Der Brief war an mich adressiert.

Der Kampf findet um 10:45 Uhr in meinem Saal statt. Ich werde dich niederringen. Alle Mädchen wissen Bescheid. Unterrichte auch deine Zimmergenossin. Auch sie soll Zeuge deiner Auslöschung werden. Zazie hält zu mir. Sie freut sich auf den Sieg ihrer Rektorin. Bereite dich auf einen blutigen Kampf vor.

Ich ging mit Hannah, Madeline und Caroline frühstücken. Als ich in den Esssaal eintrat, richteten sich alle Blicke auf mich. Was stand wohl im Rundbrief, den Devilious an die anderen geschickt hatte? Ich fragte eine Blondine, ob ich ein Blick auf ihre Einladung werfen dürfte. Sie gab sie mir nach einigem Zögern. Ich las die Zeilen, es traf mich fast der Schlag. Devilious beschuldigte mich, ein Kind ermordet zu haben. Sie sei mir auf die Schliche gekommen. Also wollte ich sie vor allen Augen aus dem Weg räumen … Sie verleugnete mich. Ich hatte keinen Hunger, ich stürmte aus dem Saal.

Ich trainierte hart, meine Freundinnen brachten mir Essen, das ich herunterschlang.

Ich schlüpfte in eine weite Jogginghose, schlang einen Gürtel fest um meine Hüfte. Ich zog ein enganliegendes, dunkelblaues Top an. Ich konnte mich gut bewegen. Das war mein Kampftrikot.

Ich schritt langsam zum Kampfsaal. Devilious war stark, es erfüllte mich mit Angst. Als ich eintrat, fingen die Mädchen an, zu kreischen. Sie hielten Schilder hoch. Auf manchen Schildern stand: Lang lebe Frau Devilious. Auf anderen las ich: Viel Glück Cynthia, wir wollen, dass sie verreckt!

Zu meiner Linken standen die Anhänger von Devilious, zu meiner Rechten meine Mädchen. Zu meiner Freude gab es mehr Mädchen, die mich anfeuerten. Sie wussten, dass Devilious eine miese Kreatur war. Ich lief in die Mitte des Saals und wartete auf meine Feindin. Es erschien Frau Sund, die rechte Hand der Rektorin.

„Wer verliert, stirbt. Wer gewinnt, bleibt am Leben. Einfache Regeln", sagte sie und trat zurück. Frau Devilious kam herein. Ich ging auf den Platz, der mir zugewiesen worden war. Sie stand mir gegenüber. Ich ließ Luft aus meinen Fingern entweichen. Sie fiel zurück, stand auf, aber sofort schleuderte sie einen Blitz auf mich. Ich erzeugte ein Lichtfeld um mich herum. Das Lichtfeld erlosch. Devilious wandte meinen Geheimtrick an.

Eine große Welle rollt auf mich zu, schnell und groß. Fast wurde ich von ihr mitgerissen. Das Atmen fiel mir schwer. Ich schaffte es mit letzter Kraft, die Welle umzulenken. Dann ging ich zu Boden. Sie stand über mir und sagte: „Stirb, Mädchen."
Ich schlug meine Augen zu und spürte, wie alles verblasste. Ich sog Luft ein. Luft wurde zu Licht und ich schlug meine Augen auf und schrie: „IMPETUS!"

Benjamin Pizarro kommt aus Bad Nauheim, ist 1990 geboren und hat die Ernst-Ludwig-Schule in Bad Nauheim besucht. Jetzt studiert er in Frankfurt. Benjamin war bereits 2009 und 2010 unter den Preisträgern.

Manchmal wünsch ich mir wir zwei
hätten uns später erst gesehen
doch ich will nur, dass du weißt
du bist und bleibst
für immer ein Teil von mir.
Cro, Ein Teil

Benjamin Pizarro

Regenbogenende

Für A. Happy Birthday.

Regenbogenende

Zum einem war da das Licht. Die Sonne schräg hinter uns. Als gäbe es kein Halten mehr, schien sie, wie sie nun mal so scheint, im August. Ihre Strahlen breiteten sich aus. Immer weiter. Und zum anderen war da das Wasser. Die dunklen Wolken schräg vor uns. Als wäre das Ende nah, regnete es, wie es nun mal so regnet.
Du sagst nichts, wie auch? Was für ein herrlicher Regenbogen! Der Regen, der mit uns zieht. Und die Sonne im August. Der Bogen will und will nicht verschwinden. Bisher. Man weiß ja nie. Die Farben scheinen so kräftig, als hätte jemand mit Acrylfarbe unsere Windschutzscheibe bearbeitet. Ein Bogen von einer Seite des Horizonts bis zur anderen. Eine Einladung.

Rot.

Ob wir es diesmal schaffen? Bis ans Ende des Regenbogens zu gelangen? Wir beide zusammen? 150 Stundenkilometer. Leere Autobahn. Heute vielleicht. Vielleicht klappt es heute. Wann auch sonst?
Dein Blick ist so starr auf das Farbenspiel am Himmel gerichtet, dass man meinen könnte, es wäre der Bogen, der dich hat erstarren lassen. Deine Lippen sind leicht geöffnet, aber sie sind fürchterlich trocken. Blass. Beiß doch einfach mal auf sie drauf! Ein wenig Durchblutung würde ihnen nicht schaden. Dann würden die für eine Weile auch wieder besser aussehen. Du willst nicht machen, was ich sage. Wie auch?
Ich kann mich kaum auf die Straße konzentrieren. Um uns flaches Land. Alles grün und weit, da und dort auch mal Bäume. Ganz anders als bei uns. Kannst du dich noch daran erinnern, wie wir das erste Mal hier langgefahren sind? So sorgenfrei war ich nie zuvor und kaum einmal an einem

Tag danach. Auch damals schien die Sonne, aber es regnete nicht. Der gelbe VW-Bus, weißt du noch? Die beiden englischen Leierkastenspieler mit den Vollbärten? Die uns mitgenommen haben? Du hast die Augen zugemacht, damals hattest du die Lippen auch so leicht offen. Aber damals waren sie schön. Ich habe dich eine Ewigkeit angeschaut, angehimmelt. Ich war glücklich. Du warst glücklich.
Die Sonnenstrahlen fielen schräg in den VW-Bus. Die dunkelblonden Härchen auf deiner Haut glitzerten. Erinnerst du dich noch? Was inzwischen alles passiert ist … Damals nur Sonne. Regen nicht in Sicht.

Orange.

Aber Autobahn, das passt. Im Zweifelsfall auf der Überholspur. Alles muss laufen, in Bewegung sein. Stillstand wird bestraft. Wie man so unterwegs ist, mit seiner Geschichte, mit seinem Ziel. Man fühlt sich einzigartig. Besonders.
Wie wir. Gerade jetzt. Immer dem Regenbogen hinterher. Der zwar noch da ist, aber nicht näherkommen will. Was auch immer an seinem Ende ist. Und soweit gar nicht weg zu sein scheint. Wer sagt denn, da könne man nicht hin? Seitdem wir uns kennen, hast du mir jeden Tag aufs Neue gezeigt, dass nichts unmöglich ist. Warum nicht heute? 160 Stundenkilometer. Kaum ein Auto auf der Autobahn.
Ganz sicher ist da kein Topf mit Gold. Schon klar. Wir sind ja nicht dumm. Wir träumen nur. Dass man diesen Ort erreichen kann. Dahin gelangen kann, wo noch nie jemand war. Weil ich nach der Mitte meiner Welt suche. Weil du an die Grenzen deiner Welt gelangen willst. Und noch weiter. Weil du nie zufrieden bist, mit dem, was du hast. Weil du Angst davor hast, zufrieden zu sein. Und so treiben wir weiter, immer geradeaus, in Richtung Ende des Regenbogens.

Du hast damals noch diese Brille getragen, die ohne Rahmen. Die du so fürchterlich gefunden hast. Heute trägst du Kontaktlinsen. Die nerven dich auch. Naja, jetzt brauchst du sie ja nicht mehr.

Gelb.

Ich erinnere mich an vieles auf unserer Tour. Du hattest diesen billigen grauen Hoodie an und ich den hellblauen. Den du so gern mochtest und der auch kaum teurer gewesen war. Wie fürchterlich albern wir waren, damals. Wie ich ernsthaft geglaubt habe, es wäre romantisch, dir in dieser Karaokebar ein Lied zu singen. Ich weiß nicht mehr, welches. Aber es hat mir einiges bedeutet. Mindestens während der drei Minuten, die das Lied lang war.

Ich erinnere mich an die seltsamen Schaufenster im Rotlichtviertel. Ich erinnere mich an diese seltsamen Australierinnen, die mit uns unterwegs waren. An den seltsamen Mann mit der Glatze und dem Plastikkanister. Himbeersirup und Wodka. Er hat uns reichlich eingeschenkt.

Und natürlich weiß ich noch, wo du mir zum ersten Mal gesagt hast, dass du mich liebst. Es war mitten in der Nacht. Kein Mensch mehr auf der Straße. Die Bar, vor der wir standen, hatte schon geschlossen. Plastikstühle, hochgestapelt am Straßenrand. Eine von diesen alten gusseisernen Straßenlaternen warf Licht auf uns. Wie wir da so standen und uns anschauten. Es dauerte bei uns beiden eine Weile, bis wir realisiert hatten, was da war. Was da ist. Zwischen uns.

Deine Augen. Dein Lächeln. Dein Gesicht, wie es strahlte. Im Licht dieser Laterne. Im Blitzlicht deiner Kamera. Die du überall mit hingenommen hast. Wir küssten uns. Die Welt stand still. Und es war alles gut.

Der nächste Morgen: anstrengend. Wir hatten kein Geld mehr fürs Frühstück. Und dann diese Odyssee nach Hause. Da kam auch der Regen ins Spiel. Da gab es nicht mehr nur Sonne. Aber wir hatten uns. Hättest du damals gedacht, dass das einmal nicht mehr reichen wird? Dass wir uns weinend in den Armen liegen werden? Dass ich irgendwann nur noch allein weine?

Grün.

Wieso will eigentlich nie jemand an den Anfang des Regenbogens? Ist nicht meistens der Anfang viel schöner als das Ende? So wie du den verdammten Regenbogen anstarrst, mit deinen leeren Augen und diesem dummen Gesicht, so kommen wir ihm auch nicht näher. Was geht in dir eigentlich vor? Als ob ich dich nie gekannt hätte. Fragezeichen. Überall nur Fragezeichen.
Ich glaube, eben waren die Farben noch kräftiger? Er wird doch nicht verschwinden? Der kann doch nicht auch einfach weggehen?

Blau.

Aber du hast Wege gefunden, sodass ich irgendwann verstanden habe. Dass jeder Anfang irgendwann einmal endet.
Ein paar Tage, nachdem du Schluss gemacht hattest, waren wir noch in diesem Museum. Warum auch immer. Weil du nicht loslassen konntest, nicht sofort. Weil ich kaputt gegangen wäre, wenn du nicht da gewesen wärest. Weißt du noch? Alles dunkel. Die Welt als Blinder erfahren. Spürend erfahren, nicht sehend. Keine optischen Täuschungen. Ich hasse optische Täuschungen.
Und deshalb ist das Ende auch nicht echt. Unser Ende. Und der ganze verdammte Regenbogen ist auch nicht schön. Der sieht nur schön aus. Aber er ist es nicht, verstehst du? Und du hast damals nur gesagt, dass es nicht mehr geht. Dass es zu Ende ist. Aber das habe ich nicht gespürt.

Wir haben nichts gesehen in diesem Museum. Aber ich habe vieles gespürt. Und daran glaube ich.

Violett.

Wir bleiben auf Kurs. Wir fahren weiter. Bis ans Ende des Regenbogens. Denn das muss es geben. Wo ein Anfang ist, ist auch ein Ende. Verdammt, man sieht es doch. Und egal, was man weiß, man kann es nicht nicht glauben. Und irgendwo hat der beschissene Bogen auch angefangen. Muss er doch. Und wer hat sich eigentlich diese scheißfröhlichen Farben ausgesucht? So eine verdammte Scheiße! Aber ich muss nach vorn schauen. Ich sitze doch am Steuer. Du kannst ja schlecht. Wir sind gleich da. Dort ist dieses verdammte Ende. Siehst du es nicht? Direkt vor uns! Schau hin! Da! Keine Einbildung!
Und wenn wir angekommen sind, reden wir noch mal. Weil du feststellen wirst: Da ist eben doch kein Ende. Du hast dich getäuscht. Alles ist endlos. 180 Stundenkilometer. Hier und da noch ein Auto. An dem wir vorbeiziehen. Linke Spur. Heute vielleicht. Vielleicht klappt es heute.

Ultraviolett.

Vita Rabinovich kommt aus Bad Nauheim, ist 1997 geboren und besucht die Ernst-Ludwig-Schule in Bad Nauheim.

„Man möchte manchmal Kannibale sein, nicht um den oder jenen aufzufressen, sondern um ihn auszukotzen.“
Johann Nepomuk Nestroy

Vita Rabinovich

Love is a funny thing the way it leads to divide

Love is a funny thing the way it leads to divide

Wir sind jedes mal zu spät, selbst wenn wir uns beeilen. Die Band hat zu spielen begonnen und die Tanzfläche ist voller Leute. Nur einzelne sind mir noch nie begegnet. Die tanzenden Körper verschwimmen im Nebel. Man kann kaum ausmachen, wo ein Körper beginnt und ein anderer endet. Du blickst in die Menge, ein Scheinwerfer schwenkt durch den engen Raum und beleuchtet deine markanten Gesichtszüge: deine hohen Wangenknochen, die müden Augen.
Die Bühne ist eine kleine Erhebung ohne Absperrung oder Security. Hier sind wir zuhause. Wir sind eins mit der Musik, mit den Leuten, die ihr zuhören, zu ihr tanzen wie wir. Es ist egal, wer wir sind, solange wir uns dem Takt unterwerfen.
Der Strom der Tanzenden reißt mich mit. Ich schließe die Augen und umfasse deine Hand. Doch dein Körper bewegt sich nicht. Du hängst an meiner Hand wie ein Gewicht. Auf meine Aufforderung reagierst du nicht, wippst nur mit dem Fuß zum Bass. Mir ist es unangenehm, wie du neben mir stehst und mich anschaust, als ob ich betrunken wäre, obwohl ich heute nichts getrunken habe. Ich lasse deine Hand los und wende mich ab. Alles um mich herum verliert an Bedeutung und ich spüre, wie dein Blick von mir ablässt, als wärst du gegangen.

Als ich durchgeschwitzt und durstig bin, gehe ich dich suchen. Du stehst an der Bar, schaust mich aus betrunkenen Augen an und stellst dein Getränk beiseite. Du nimmst meine Hand zu grob und ziehst mich nach draußen. Die Kälte der Nacht schlägt uns entgegen. Ich weiß, dass du auf eine Entschuldigung wartest, doch ich will nicht nachgeben. Auf mein Schweigen hin drehst du dir eine Zigarette, senkst deinen Kopf und verteilst den Tabak auf dem weißen dünnen Papier, mit einer Hingabe und Konzentration, die mir Gänsehaut bereitet.

Aus dem Augenwinkel merke ich, wie du mich weiterhin anstarrst und ich ignoriere dich, um den Augenblick auszukosten, auch wenn du damit den nächsten Streit verursachen willst. Ich höre auf zu reden, denn du folgst meinen Worten nicht mehr. Du sitzt da, als hättest du etwas gewonnen und müsstest dich dafür schämen. Die Stille füllt sich mit deinen Entschuldigungen, dass du hättest weniger trinken sollen. Meine Gedanken hören dir nicht zu, schweifen ab, überschneiden sich kaum mit deinen. Du scheinst nicht da zu sein und ich bezweifle, dass wir jemals im selben Raum waren.

Ich umfasse deinen Körper, suche Halt an dir. Gleichgültig, wie sehr ich es verdränge, ich weiß, dass auf meine Berührungen deine Berührungen folgen werden. Es ist meine Belohnung und es ist mir bewusst. Gleichzeitig ist es ein Fluch, der sich wiederholt. So sitzen wir vor dem Klub, jeder für sich und doch zusammen. Der Arm, der meinen Rücken entlang streicht, fühlt sich fremd an, als wäre es nicht deiner. Du wirst nicht für mich da sein und ich nicht für dich. Und so schweigen wir für unser gemeinsames Glück. Du lehnst dich an mich und ich sauge deine Zuneigung ein, konserviere sie, damit ich sie abrufen kann, wenn du nicht da bist. Du wirst gehen, es ist nur eine Frage der Zeit. Ich habe es bereits akzeptiert, auch wenn ich dich ständig glücklich machen möchte. Es ist ein Spiel, das ich mit mir treibe, weil ich versuche die Asche zu entfachen.

Wir wollten den letzten Zug nehmen, um nicht in der Bahnhofshalle schlafen zu müssen. Ich stehe auf, höre die Musik, sehne mich ins Innere und laufe trotzdem zum Bahnhof. Ohne zurückzublicken und ohne, dass du mir hinterherläufst. Im Zug denke ich wieder an dich. Gleichgültig, wie sehr ich mich bemühe, mich an deine Hände zu erinnern, ich vergesse einzelne Linien. Alleine im Stillen bleibt alles eine Erinnerung.

Kim-Anh Schäfer kommt aus Karben, ist 1998 geboren und besucht die Kurt-Schumacher-Schule in Karben.

«Oh, quelle est belle notre chance
Aux milles couleurs de l'être humain
Mélangées de nos différences
À la croisée des destins!»
Zaz

Kim-Anh Schäfer

Zweiundsiebzig Tage

Für all diejenigen, die für mich Worte finden, wenn ich sprachlos bin (… und dazu darf ich viel zu viele Menschen zählen, als dass ich sie hier auflisten könnte!)

Ein großes Dankeschön auch an Solvejg, Tim, Anna und Andreas für das tolle Lektorat!

Zweiundsiebzig Tage

Getrieben rannte sie die schmale Gasse hinab. Der Himmel war grau, beinahe schwarz, und es regnete seit vielen Stunden. Tropfen stachen auf die nackte Haut ihrer Arme wie spitze Nadeln. Wasserbäche fluteten durch die Gasse und hatten die Sommerschuhe der jungen Frau völlig durchnässt. Das blonde Haar klebte an ihrem Kopf und ihr Make-Up war – sowohl vom Regen als auch vom Weinen – völlig verschmiert. Doch daran verschwendete sie nun keinen Gedanken mehr, denn Sorgen wie diese kamen ihr banal vor. Sie war vermutlich die Einzige weit und breit, die sich nicht wegen des Regens in ihrer Zweizimmerwohnung verschanzt hatte – wozu auch? Ein Leben hatte sie, anders als die anderen, ohnehin nicht mehr.
In ihrem Herzen herrschte ein großes Durcheinander:
Ungläubigkeit wurde zu Sprachlosigkeit.
Sprachlosigkeit wurde zu Trauer.
Trauer wurde zur Frage nach dem Sinn ihres Daseins.

Sie stand vor dem Abgrund. Weil nichts die Antwort war. Nichts hatte einen Sinn. Nichts war es wert, sich von Alltag und Routine fesseln zu lassen, weil alles vergänglich war und es nichts gab, wofür es sich zu leben lohnte. Der Sinn ihres Lebens war Daniel gewesen. Aber er war jetzt fort und hatte ihr damit den Boden unter den Füßen weggerissen. Er war ihr Leben gewesen. Jetzt war sie ohne ihn. Lebte sie also noch? Sie atmete, ihr Herz schlug – im Moment sogar ziemlich schnell – sie aß und trank, stand jeden Morgen auf und ging abends ins Bett. Aber lebte sie wirklich noch? Was war mit den vielen Stunden zwischen Aufwachen und Schlafen, in denen sie bloß trüb die Wand anstarrte und dem regelmäßigen Ticken der Küchenuhr lauschte?

Sie erreichte das moderne Zentrum des Städtchens. Hier wohnten vor allem glückliche, junge Familien mit Kindern. Schmerz durchfuhr sie. In einem der Häuser, an denen sie vorbeilief, brannte Licht, sodass sie die Silhouetten seiner Bewohner erkennen konnte: Eine Frau legte ihren Kopf sanft auf die Schulter ihres Mannes. Er umarmte sie und zwei Kinder sprangen fröhlich durch den Raum.
Weiter, nur weiter, bloß nicht hinsehen! Sie senkte den Blick und setzte ihren Weg eilig fort. Nun entfernte sie sich wieder vom Stadtkern und gelangte in jene Hochhausgegend, welche Daniel und sie meist versucht hatten, zu umgehen. Zwielichtige Gestalten trieben sich hier herum, selbst bei Tage, und sie wusste nicht, weshalb sie ausgerechnet diesen Weg ging, jetzt, da es bereits allmählich dunkelte.
Düster türmten sich die riesigen Bauten auf und streckten sich dem Himmel entgegen. Bedrohlich sahen sie aus, wie sie die letzten Sonnenstrahlen verschluckten, welche nur hie und da durch das kränkliche Licht vereinzelter, flackernder Laternen ersetzt wurden.

Ein älterer Mann streunte durch die Straßen. Er trug eine fleckige Jogginghose und eine Jacke aus billigem Lederimitat. In seiner Hand hielt er die Tüte irgendeines Discounters, deren gläserner Inhalt mit jedem Schritt klirrte. Ihr Besitzer lief von einer überfüllten Mülltonne zur nächsten, wühlte eifrig darin herum und zog hin und wieder eine Flasche heraus, die er dann sofort in die Tüte steckte.
Die junge Frau blieb stehen und verschmolz mit dem Schatten eines Hauses. Nachdenklich beobachtete sie den Flaschensammler, der in diesem Moment freudig aufschrie, weil er eine Schnapsflasche aus dem Müllberg fischte.
Zögernd trat sie aus ihrem Versteck hervor und ging auf den Flaschensammler zu. Er bemerkte sie erst kurz, bevor sie bei ihm ankam, zog spöttisch eine Augenbraue hoch und musterte sie langsam von oben bis

unten. Erst jetzt wurde ihr bewusst, dass das Kurzarm-Shirt völlig durchnässt war. Hastig zog sie ihren Geldbeutel aus der Tasche hervor und reichte ihn dem Mann. Nun schwand das Lächeln, er beäugte sie misstrauisch.
„Was soll das?" Seine Stimme klang rau, ein bisschen heiser.
„Sie brauchen es dringender als ich."
Sie erschrak über den kalten Klang ihrer Stimme. Dabei konnte sie nicht aufgewühlter sein. Daniel. Der Name hallte seit Wochen ständig in ihrem Kopf wider und ließ einen Sturm in ihr toben.
Noch immer machte der Obdachlose keine Anstalten, das lederne Portemonnaie an sich zu nehmen, das sie ihm entgegenhielt. Er schien verwirrt zu sein, wollte ihr nicht trauen. Als könnte irgendeine Absicht dahinter stecken, die er nicht durchschaute. Stattdessen wusste sie einfach, dass sie in wenigen Minuten weder Geld noch irgendetwas anderes mehr brauchen würde.
Vorsichtig platzierte sie das Portemonnaie vor ihm auf dem regennassen Boden.
„Nehmen Sie es. Ich brauche es nicht", sagte sie und wandte sich ohne ein weiteres Wort von ihm ab.
Noch lange Zeit spürte sie seinen bohrenden Blick im Rücken, als sie, langsamer nun, die Straße entlang ging. Bald erreichte sie den Fluss, der die Landschaft am Ende des Viertels durchschnitt. Der Gedanke, in dem wilden Strom unterzugehen, gefiel ihr nicht. Dennoch betrat sie die Brücke, die darüber führte. Die Absätze ihrer Schuhe klackten auf dem Pflasterstein und gesellten sich als einziges Geräusch zu dem ununterbrochenen Rauschen des Flusses und dem Niederprasseln des Regens.
Genau in der Mitte der Brücke blieb sie stehen. Ohne länger nachzudenken, stieg sie über das rutschige Geländer. Sie sah hinab auf die tosenden Wassermassen unter sich, tiefschwarz in der Dunkelheit. Zwanzig Meter, vielleicht auch dreißig, trennten sie von der Wasseroberfläche. Drei weitere

vom steinernen Grund. Es würde ganz schnell gehen. Ein kurzer Moment des Schmerzes bloß und es wäre vorbei. Es würde nicht sehr wehtun. Nur ganz kurz, für einen Augenblick.
Sie musste sich nicht fürchten, denn alles war besser, als hier zu sein.
Sie musste nur loslassen.
Einfach los …
„He, was machst'n da?"
Sie zuckte zusammen. Als sie sich umdrehte, erkannte sie den Flaschensammler, der in der einen Hand die prall gefüllte Plastiktüte hielt, in der anderen ihren Geldbeutel.
„Lassen Sie mich in Ruhe."
Ihre Stimme klang brüchig und für einen kurzen Moment war sie unsicher, ob er sie überhaupt gehört hatte.
„Ich bin von uns der, der nix hat. Und trotzdem bist du die, die jetzt da steht."
„Ich habe weniger als nichts. Man sieht es mir bloß nicht an."
Zu ihrer Überraschung warf er den Kopf in den Nacken und lachte laut. Mit allem hatte sie gerechnet, nur damit nicht.
„Hat dein Liebster dich verlassen und nun weißte nicht mehr weiter?"
Der spöttische Unterton in seiner Stimme machte sie wütend.
„Nein! Ich meine – ja, doch, aber das ist es nicht."
„Was dann?"
„Das geht Sie nichts an!", fauchte sie.
Wieder hob er eine Augenbraue. „Sprich mit mir, vielleicht bleibste dann am Leben, Schätzchen."
„Mein Leben hat einfach keinen Sinn", hauchte sie kraftlos.
„Kein Leben hat einen Sinn", antwortete er. „Aber leben können wir's trotzdem."
Stumm starrte sie ihn an und er blickte zurück. Sie war zu müde, um seinen Worten wirklich folgen zu können.
„Süße, ich hab kein Zuhause, leb auf der Straße von dem Geld, das ich mir aus den Tonnen klaue. Du hast'n Haus, hast Kohle. Und wenn du

bloß 'ne Putze bist, wär das mehr, als ich je schaffen konnte. Ich hab die Härten mehr abgekriegt als du."

„Meinen Sie? Das kommt darauf an. Haben Sie Kinder?"

Verdutzt vom Themenwechsel nickte er. „Zwei Söhne. Erwachsen."

„Ich hatte einen und er war alles für mich. Er ist fünf geworden. Vor zweiundsiebzig Tagen ist er gestorben. Krebs. Ist nicht das die volle Härte?"

„He, 's ist kein Wettbewerb, ja?"

„Lassen Sie mich einfach in Ruhe, okay? Ich denke zu viel und ich denke nur an ihn. Ich bin alleine auf der Welt, und das will ich nicht. Ich kehre zu ihm zurück."

Vorsichtig machte er einen Schritt in ihre Richtung.

„Wirst du, früher oder später. Alles der Reihe nach! Du bist doch noch jung."

„Aber ich habe nichts, was mir wichtig ist. Ich kann ihn nicht vergessen und das will ich auch nicht."

„Sollste doch gar nicht. Denk an ihn. Aber lass dich nicht von ihm kaputt machen. Oder denkst du, das hätte er gewollt?"

Für einen Moment herrschte Schweigen und das Geräusch des Regens gewann Oberhand. Dann flüsterte sie: „Aber was bin ich ohne ihn?"

„Was warst du mit ihm?"

„Mutter."

„Mutter. Und jetzt bist du du."

„Ich habe genug gesehen."

„Findest du?", fragte er.

„Ja!", rief sie. Hatte er ihr denn gar nicht zugehört?

Er sagte: „Ich mag mein Leben. Du deins nich. Woher kommt das, wenn doch alles grausam ist?"

„Keine Ahnung. Vielleicht trinken Sie genug, um es zu ertragen."

Schallendes Gelächter. „Nein. Ich seh das, was ich finde und nicht das, was ich finden will."

Deutlich sicherer nun, machte er zwei weitere Schritte auf sie zu und stand plötzlich ganz nah am Brückengeländer.

„Wie heißt du?“, wollte er wissen und auf einmal klang seine Stimme ganz sanft.

Sie zögerte für einen Moment. „Elka.“

„Hallo Elka, ich bin Walther. Komm, gib mir deine Hand, ich helfe dir ‘rüber. Dir ist sicher kalt.“

Zögernd und zweifelnd blickte ihm Elka ins Gesicht.

„Denkst du, dass mein Leben noch sinnvoll ist?“, fragte sie langsam.

„Nein. Aber Sinn ist das, was du finden kannst.“

Es würde noch lange dauern, bis sie die Bedeutung dieses Satzes erfassen würde.

Walther lächelte sie aufmunternd an und entblößte dabei eine Reihe schiefer, gelber Zähne. Vielleicht war er der einzige menschliche Mensch, der Elka je begegnet war. Vielleicht war er der erste, der je wirklich mit Elka sprach, nicht mit Daniels Mutter oder der Frau, die sie sonst immer vorgeben musste, zu sein. Vielleicht hatte sie es bisher einfach nie zugelassen. Letztendlich waren es nicht seine Worte, die sie dazu brachten, seine Hand zu ergreifen und sich zurück auf die sichere Seite des Brückengeländers zu begeben. Es war das offene Lächeln, das so verständnisvoll war.

„Du musst frieren, Elka. Komm, nimm meine Jacke.“

Erst jetzt, da er es abermals erwähnte, bemerkte sie die Gänsehaut, die sich auf ihren Armen gebildet hatte, und sie nickte zitternd. Behutsam legte er die nach Nikotin stinkende Jacke um ihre Schultern.

„Danke“, flüsterte sie.

In diesem Moment versiegte der Regen. Elka schaute nach oben gen Himmel. Der Mond brach durch die dicke Wolkenschicht. Für einen Augenblick, ganz kurz nur, glaubte sie, zwischen all den Regenwolken Daniels kleines Engelsgesicht sehen zu können. Dann wurde er von einer schwarzen Wolke verdeckt und ließ sie gehen.

Er ließ sie gehen, nach zweiundsiebzig Tagen.

Anna Julia Schmidt kommt aus Nidda, ist 1993 geboren und hat das Gymnasium in Nidda besucht.
Jetzt studiert sie in Mainz.

„‚Tod oder Freiheit' soll auf unserem Grabstein stehn."
Die Toten Hosen, Bonnie und Clyde

"If you wake up at a different time in a different place, could you wake up as a different person?"
Chuck Palahniuk, Fight Club

Anna Julia Schmidt

Schöner Schein zur Weihnachtszeit

Für meinen ehemaligen Deutschlehrer, der mich immer wieder zum Schreiben motiviert und inspiriert.
Vielen Dank an meine Eltern und Freunde. Ich kann niemals in Worte fassen, wie wichtig ihr für mich seid.

Schöner Schein zur Weihnachtszeit

Frisch gebackene Plätzchen, Nordmannstanne, Lebkuchenherzen – der Tee duftete nach Weihnachten, doch er erinnerte an unpassende Geschenke, nervige Verwandtenbesuche.

Lächelnd gaben wir die Schüssel Kartoffelbrei von einem zum anderen weiter: Vater, Mutter, Bruder und ich. Fast hätte ich die Schüssel fallen gelassen, da ich nicht damit rechnete, seine Hand zu berühren.
„Eure Mutter und ich haben beschlossen, dass wir die Weihnachtszeit für eine gemeinsame Aktivität nutzen. Unsere Nachbarn haben im vergangenen Jahr ständig von ihren tollen Reiseerlebnissen berichtet. Daher werden wir über die Feiertage an die Nordsee in eine Ferienwohnung fahren. Ihr erinnert euch bestimmt noch an die Unterkunft. Wir waren öfters mit euch dort, als ihr noch Kinder ward. Ihr beide teilt euch so wie damals ein Zimmer, sonst wird's teuer."
Nachdem Vater seine Ansprache beendet hatte, stieß er die Gabel zufrieden in sein Steak, schnitt ein Stück ab und stopfte sich den Happen in den Mund.
„In einem Zimmer schlafen?", fragte Ben.

Koffer verstauen. Reifendruck kontrollieren. Innenraum säubern. Öl nachfüllen. Den Nachmittag verbrachte Vater mit den Urlaubsvorbereitungen. Unsere Nachbarn sollten alles mitbekommen.

Die Ferienwohnung lag abseits. Kein Verkehr, keine Nachbarn. Wir brauchten nicht lange, um uns wie damals zu fühlen. Wir waren oft am Meer gewesen, unserem Lieblingsplatz. Unbeobachtet. Am liebsten an stürmischen Tagen, dann verirrte sich kaum einer dahin. Frei – da konnten wir es sein.

Wenn wir so am Strand saßen, Arm in Arm, um uns vor der Kälte und der Einsamkeit zu schützen, lief vereinzelt doch der ein oder andere an uns vorbei.
„Ihr seid ja ein süßes Pärchen. Noch so jung und schon so verliebt."
Was Liebe mit dem Alter zu tun haben sollte, konnten wir uns früher schon nicht erklären. Für uns war Liebe wie eine Krankheit, die jeden irgendwann ansteckt.
Dass man glaubte, wir seien ein Pärchen, war uns egal gewesen.

Vater hatte einen umfangreichen Tagesablauf geplant. Daher sprach er die Empfehlung aus, früh schlafen zu gehen. Taten wir. Konnten doch nicht schlafen. Wir fanden etwas, wonach wir nicht gesucht hatten und nicht hatten wieder finden wollen. Hinter den Betten versteckt, tief vergraben, um vergessen zu werden, erinnerten wir uns nun daran. Es schlummerte schon lange da, war aber von mir nicht vergessen worden. Es hat nie aufgehört, in uns weiter zu leben.
Es war ein kindliches Herz, in die Wand geritzt. Ich drückte meine Hand zusammen, als hoffte ich, so alles zu zerdrücken, was jemals gewesen war. Ich schaute beschämt zur Seite. Er wusste, warum ich so schaute, und wollte es doch vergessen. Damals hatte er nicht nur das Herz in die Wand geritzt, sondern auch auf die Innenseite meiner Hand gezeichnet. Wer zeichnet schon ein Herz auf die Innenseite der Hand? Jeder weiß, dass es gerade dort niemals hält und von niemandem gesehen wird.
Er nahm meine Hand, so wie früher. Ein unbeholfener Junge, der als Mutprobe einen elektrischen Zaun anfasst.

Nach dem Sex lagen wir nebeneinander.
Sprachlos. Hilflos. Losgelöst.
Wir waren wieder krank.
Er hielt mich immer noch im Arm.

Wir starrten an die Decke. Kahl. Weiß. Nichts zu verheimlichen.
Ich drehte mich um. Schaute zum Fenster. Schlief ein, als die Sonne aufging.

Der morgendliche Appell, wie es mein Vater vermeintlich scherzhaft nannte, weckte uns nur wenig später. Der Frühstückstisch war reichlich gedeckt. Ben und ich teilten uns ein Brötchen, nur um an etwas rumknabbern zu können.
Es ist falsch und doch wird man davon angezogen. Mehr wussten wir nicht. Ist es Liebe? Ist es Sucht? Wir wussten, dass es nicht gut enden würde. Wir saßen uns gegenüber – jemand musste etwas sagen – aber keiner tat es.

Der Urlaub ging zu Ende. Die Wochenenden ebenso. Die Abende vor dem Fernseher mit Liebespärchen und Happy End gingen vorbei. Die Weihnachten mit Lächeln und Lebkuchenherzen ebenso. Alles ging vorbei.

Eines Tages holte er mich unerwartet nach meiner Klavierstunde ab. Er nahm meine Hand, rieb liebevoll über die Innenseite, schaute in meine Augen, konnte es nicht ertragen, senkte den Blick, rieb stärker, drückte fester. So, als könnte er verwischen, was war.
„Wir müssen wieder lernen, allein zu sein.“ Er sagte es trocken, monoton, bemüht, sich nicht anmerken zu lassen, was er zu sagen hatte und was es für ihn bedeutete. „Wir müssen nachts einsam aufwachen und uns fürchten, ohne dass wir jemanden haben, der uns Halt gibt. Ich weiß, das erscheint paradox, das aufzugeben, was man am meisten liebt, aber vielleicht ist das der einzige Weg, um zu bekommen, was man am meisten braucht: ein eigenständiges Leben. Wir sind dabei, uns zu verlieren, wir gehen verloren.“
Ich starrte ihn nur an, hatte zugehört und begriff doch gar nichts.
„Ich will ins Internat. Es ist besser so. Es ist für uns beide die richtige Entscheidung.“

Er ging. Er machte es wahr. Es war ein Abschied ohne Tränen. Ich schminkte mich. Man knipste ein Familienfoto. Schöne Maske. Keine Tränen.

Vier Monate später erhielt ich einen Brief von ihm. Er habe jetzt eine Freundin und sei glücklich. Ich solle ihn vergessen, so wie er mich vergessen würde. Ich konnte akzeptieren, dass er gegangen war. Ich konnte aber nicht ertragen, dass eine andere ihn haben durfte, wenn ich selbst ihn schon nicht haben konnte. Am wenigsten konnte ich damit leben, von ihm vergessen zu werden.
Ich hasste ihn, ich hasste ihn dafür, dass er mich verlassen hatte, dass er mich einsam und allein zurückließ in dieser glücklichen Familie. Er fand sein eigenes Glück.
Ich antwortete nicht sofort – wollte gar nicht antworten und musste doch. Ich schrieb oft und viel an ihn. Nichts davon schickte ich ab. Ich hasste ihn und ich hasste das Mädchen an seiner Seite.

„Weißt du, was das Schlimmste ist? Ich liebe dich immer noch – ich werde dich immer lieben. Nach allem, was alles passiert war, wünsche ich mir so sehr, dass ich damit aufhören könnte, dass nur noch der Hass bestehen bleibt. Aber selbst dieser ist zu stark. Ich kann einfach nichts dagegen tun. Kannst du das verstehen? Wahrscheinlich nicht. Eigentlich müsste ich dich hassen und dir den Tod wünschen. Tu ich auch, das Problem ist nur, dass ich mit dir sterben würde."
Mehr konnte ich nicht schreiben, mehr wollte ich nicht schreiben. Ich schickte den Brief ab, hoffend, ihn auf diese Weise zu vergessen.
Er hat nie auf meinen Brief geantwortet.
Ich lebte, ohne wirklich zu leben. Die Tage vergingen. Es wurde nichts besser. Mit der Zeit verblasste alles, aber die Gefühle blieben bestehen.

Ich hatte schon lange unser Elternhaus verlassen – hatte aufgehört, jeden Tag zum Briefkasten zu stürmen, hoffend, etwas zu finden, das ich doch vielleicht nie entdecken wollte.
Dann kam der Brief: Die Adresse war auf einem grünen Umschlag mit seltsam geschwungenen Buchstaben geschrieben worden. Ich wusste sofort, dass er von ihm war. Ich wusste nur nicht, ob ich ihn öffnen sollte. Knochenmarksspende. Spender. Krebs. Tod.
Ich las den Brief und doch blieb kaum etwas übrig – vom Inhalt, von mir. Verdrängung als letztes Zeichen erwachsener Hilflosigkeit.

Ich ging zur Untersuchung. Mein Bruder sei krank, ich könnte als Spender infrage kommen, mehr verriet ich meinem Ehemann nicht. Viel hatte ich nie über meinen Bruder gesprochen. Es war mein Bruder, das genügte. Wir sahen uns zu Weihnachten – manchmal. Ich war glücklich mit meinem Mann – es war anders, es war normal und doch: Vergessen konnte ich nicht.
Sein Zustand sei kritisch, aber nicht hoffnungslos, sagte der Arzt. Ich nickte und lächelte höflich über die versucht lockeren Bemerkungen des Arztes, der nach Desinfektionsmittel, Schweiß, teurem Duft und dem Tod selbst roch.

Nach der Untersuchung ging ich zu ihm. Ich wollte mich entschuldigen, wollte so viel sagen, ihm danken, ihn anfassen, ihn festhalten, damit er mich bloß nicht verlässt – nie mehr verlässt, nicht noch einmal verlässt. Jetzt waren wir beide erwachsen, aber immer noch sahen wir der Welt an, ohne sie zu verstehen.
Er nickte nur, nahm meine Hand, zog mit seinen Fingern ein Herz auf die Handinnenseite und flüsterte mit angestrengter Stimme: „Ich weiß. Mir tut es auch leid. Da war niemals eine andere. Ich wollte es dir nur

leichter machen. Ich wollte nie von dir gehen. Aber du musstest lernen, weiter zu leben, ohne mich. Ich wollte, dass du glücklich wirst. Es tut mir leid. Lass uns nicht mehr reden. Vielleicht darf ich dich ja jetzt sogar mit neuem Nachnamen lieben."

Er durfte. Er überlebte. Ohne Spende von mir. Mutter hatte eine passende Person gefunden. Das war es wert. Liebe ist eben doch dicker als Blut. Wir sagten unseren Eltern nicht, dass wir es aufgrund der ärztlichen Untersuchungen wussten.

In der Weihnachtszeit gingen wir zu ihnen. Zerbrochene Lebkuchenherzen, zerkratze CDs mit Weihnachtsliedern, frisch gebackene Plätzchen, Nordmannstanne. Wir lächelten. Aßen. Tranken. Spielten mit. Dann durchwühlten wir Schränke. Sagten, wir suchten nach den Urlaubsbildern von damals am Meer und fanden endlich genau das, was wir finden wollten: unsere Adoptionsunterlagen. Schöner Schein.

Julie Sophia Schöttner kommt aus Waldsolms,
ist 1995 geboren und
besucht das Weidiggymnasium in Butzbach.
Julie war bereits zweite Preisträgerin 2011 und
unter den Preisträgern 2012 und 2013.

„Ich war heute noch mein Freund, morgen bin ich mein Feind
Heute noch gesträubt, morgen bin ich bereit
Heute noch mit vielen, morgen bin ich allein
Gestern war alles gut aber morgen wird es besser“
Maeckes

Julie Sophia Schöttner

Was kommt

Ich möchte mich bei allen Mitwirkenden für die Zeit in Bad Kissingen bedanken. Ganz besonders danke ich: Feridun, Sebastian, Benny, Joy und Caro.

Was kommt

Man weiß nicht, wo es lang geht, deshalb trödelt man. Ein bisschen auf der Stelle herumtreten, ein bisschen so tun, als ob man auf jemanden wartet, der jeden Moment kommt. In Wahrheit haben wir nur Orientierungsprobleme und können nicht per Google Maps Routen für unser Leben berechnen.

Ich ziehe meinen Lidstrich. Mein Spiegelbild blinzelt mir zu und ich krame in meinem Schminktäschchen nach dem Lippenstift meiner Mutter, den sie mir irgendwann überlassen hatte. Ich trage ihn auf und finde mich zwar nicht hübscher, aber sicherer. Dann packe ich meine Tasche. Außer dem Lippenstift lege ich Geld, Feuerzeug, Kaugummis, eine Flasche Wein und eine angebrochene Flasche Wodka hinein. Mittlerweile ist jeder Tag Wochenende.

„Bin dann mal weg, nehm das Auto." Ich habe es eilig.
„Was, wohin denn?", ruft meine Mutter aus dem Wohnzimmer. Als hätte ich sie wegen des lauten Fernsehers nicht gehört, lasse ich die Wohnungstür hinter mir ins Schloss fallen.

Zu Fuß wäre ich sicher nicht länger als zwanzig Minuten unterwegs, doch ich will fahren. Ich verstehe nicht viel von Autos, aber ich liebe das Geräusch eines erwachenden Motors. Wenn es dämmert, sieht die Welt so schön aus. Der Wagen rollt durch die aufgeräumten Straßen der Kleinstadt meinen einstigen Schulweg entlang, den ich noch besser kenne als Miro.

Ich stelle das Auto auf dem Parkplatz meiner ehemaligen Schule ab. Ich sehe ein einziges Fahrrad. Seins. Auf dem Schulgelände steht ein riesiger, moderner, todhässlicher Gebäudekomplex, der damals am Tage meiner Einschulung wiedereröffnet wurde.

Das alte Schulhaus war eines Nachts bis auf die Grundmauern abgebrannt. Ich habe es leider nicht mit angesehen, aber Miro hat gesagt, es war grandios. Es hatte in der Stadt kein anderes Thema mehr gegeben. Man sprach von Brandstiftung und einige Wochen später stellte sich ein Junge, der gerade an dieser Schule sein Abitur gemacht hatte. Als sie ihn nach Gründen fragten, antwortete er: „Ist doch besser, als Amok zu laufen." Soweit ich weiß, steckten sie ihn daraufhin einige Monate in den Knast und dann in die Psychiatrie.
Jedenfalls stand die Schulleitung nach den Ereignissen in der Kritik und man investierte viel Geld in den Brandschutz der Schule. Jedes Gebäude wurde mit modernster Technologie ausgestattet und man brachte Rettungsleitern an. Gebrannt hatte es allerdings kein zweites Mal und außer für unsere nächtlichen Einsätze wurden die Leitern auch nicht weiter genutzt. Miro sagt, Gefahr ist relativ. Es gibt einiges, wovor man flüchten kann.

Als ich das Dach betrete, sehe ich seine im Wind flatternden Haare vor den graublauen Wolken. Er sitzt mit dem Rücken zu mir am Rande des Dachs und raucht. Ich weiß nicht, wie oft ich ihn so schon habe dasitzen sehen. Die letzten Wochen vor den Prüfungen war es seltener geworden. Irgendwann war ich nicht mehr gekommen.

„Hey", sage ich und sehe, wie er zusammenzuckt. Rasch wendet er sich mir zu und versucht, sich die wirbelnden Haare aus der Stirn zu streichen. „Hey", sagt er und beobachtet mich. Ich trete näher an ihn heran, es riecht herb nach seinem Duftwasser und Gras.
„Gib mal was ab."

Ich setze mich hin, er reicht mir den Joint, wir baumeln mit den Beinen. Wir reden nicht. Der Rauch verliert sich im Wind.
Irgendwann wird ihm die Stille unangenehm. Er greift nach dem Wein, den ich zwischen uns gestellt habe und legt seinen Kopf in den Nacken, um beim Trinken die Sterne zu sehen.
„Warum wolltest du, dass wir heute herkommen?“, frage ich. Er zuckt mit den Schultern.
„Naja, so halt. Bisschen reden und so.“ Er sieht mich nicht an, während er das sagt.

„Ist schon komisch, oder?“, sagt er leise.
„Hm?“
„Erst langsam, dann geht alles viel zu schnell. Jetzt haben wir nie wieder Schule, aber sitzen trotzdem noch hier.“
„Ist das schlimm?“
Er dreht sich mir zu, ich wende den Blick ab. Miro hat stechend blaue Augen, die mich stets ein bisschen umhauen.
„Du wolltest immer weg, Mila. Seit ich dich kenne, redest du davon, diese Stadt zu verlassen.“
„Ja, und?“
„Warum bist du noch da?“
„Warum nicht?“
„Mona und Johannes gehen, Anna ist schon weg.“
„Und?“
„Ich dachte immer, du wärst die erste, die geht.“
„Und? Du bleibst doch auch!“
„Hm.“
„Was hast du denn? Es ist doch eigentlich gut.“
Er schweigt.
„Wir haben immerhin noch uns, oder? Wie damals, weißt du noch?

Damals, als wir auf Klassenfahrt abgehauen sind und einfach ans Meer getrampt?“
„Mila …“
Aber er spricht nicht weiter. Ich lächle und nippe am Wein. „Wird schon alles.“ Ich rede mehr mit mir selbst als mit ihm. Miro legt seine Hand auf meinen Oberschenkel.

„Weißt du, worüber ich nachgedacht habe, bevor du kamst?“
„Was?“
Er macht ein angestrengtes Gesicht, als müsse er seine Gedanken erst in Worte fassen, als müssten Worte für seine Gedanken erst erfunden werden. Inzwischen ist es dunkel. Unter uns die Stadt, man kann den Kirchturm sehen und Miros Haus.
Schließlich sagt er: „Man wird nicht schlau aus dir.“
Er legt sich mit dem Rücken aufs Dach, breitet die Arme aus. Wieder vergeht eine Weile, ehe er weiter spricht.
„Wenn du ein Geräusch wärst, ich weiß nicht, es wäre dumpf. Wenn du ein Geruch wärst, wäre er flüchtig. Als Farbe wärst du matt. Als Geschmack wässrig.“
„Okay, danke“, sage ich, weil ich nicht weiß, was ich sonst sagen könnte. Dann rauche ich den Joint, bis es nach Filter schmeckt und werfe die Kippe hinunter. Miro beobachtet mich und sagt: „Ich frage mich nur, warum du nicht mehr aus dir machst.“

Man hört Geräusche auf der Leiter. Im nächsten Moment stehen Johannes und Mona auf dem Dach.
„Moin“, sagt Johannes.
„Da sind wir!“, ruft Mona und macht einen Knicks.
„Ach, ihr kommt auch noch“, sagt Miro lachend. Mona wedelt mit der Hand, als würde sie Fliegen verscheuchen.

„Jaaa, komm chill, bisschen verspätet, waren halt noch einkaufen." Johannes zieht seinen Rucksack ab und sie beginnen, auszupacken. Wir sitzen im Kreis. Die beiden haben bunte Knicklichter mitgebracht, Klopfer, Chips und Bier. Sie legen alles in die Mitte und reden von irgendwelchen Bekannten, denen sie im Supermarkt begegnet sind, von Stress mit Eltern, von allem, was passiert ist, seit wir uns das letzte Mal beim Abschlussball gesehen haben. Reden darüber, wie der Wein schmeckt.

Mittlerweile ist es Nacht, wir sind blau, die Knicklichter glühen. Wir reden über alles, nicht über die Zukunft. Es ist, als hätte man jedem von uns mit einem Brett vor den Kopf geschlagen, als hätten wir danach vergessen, wie man vorwärts geht.

Wir reden nicht darüber, dass Miros Hand schon wieder auf meinem Oberschenkel liegt oder darüber, dass Mona geheult hat, nachdem Johannes uns seine neue Freundin vorstellte. Fakt ist, dass Mona nach Berlin geht und Johannes nach Nepal und Mona hatte Chancen bei Johannes. Sie hat sie verstreichen lassen. Über sein Versagen verliert man kein Wort, schätze ich, man akzeptiert es still und hofft, dass nicht allzu viele in diesem Moment hingeschaut haben. Fakt ist auch, dass Miro und ich hier bleiben. Ich aus Angst und Miro vielleicht auch, ich weiß nicht. Vielleicht auch aus Trotz oder Bequemlichkeit oder vielleicht wegen mir.

Mara Stuhlmann kommt aus Lich, ist 1996 geboren und besucht die Alice-Schule in Gießen.
Mara war bereits 2013 unter den Preisträgern.

"Train yourself to let go of everything you fear to lose."
Yoda

Mara Stuhlmann

Über die Nächte vor den Tagen

Über die Nächte vor den Tagen

Ich lernte Kyle im Sommer in einem dieser Cafés mit Blick auf die Elbe kennen. Die Riemen der Flipflops hatten weiße Streifen auf seinen gebräunten Fußrücken hinterlassen, und um seinen Hals baumelten ein paar Holzperlen in ausgeblichenem Blau.
Seitdem verbrachten wir unsere Nächte gemeinsam in meinem alten Skoda, fuhren Richtung Osten, dem nächsten Morgen entgegen. Ich rutschte tief in den durchgesessenen Sitz und legte die nackten Füße auf das Armaturenbrett. Oftmals endeten wir an Tankstellen mit Nachtschalter, sammelten Pfandbons von Automaten selbstreinigender Toiletten und tranken Rotwein aus Kaffeebechern, deren aufgeweichte Pappe sich mit jedem Schluck in weiße Flocken auflöste. Mein Handschuhfach füllte sich mit seinen selbstgebrannten CDs. Auf die Hüllen schrieb er mit Edding Bandnamen, die wie amerikanische Vorstädte klangen. Er wählte die Musik für unsere Abende blind aus und drehte sie so laut, dass die Fensterscheiben im Takt des Basses vibrierten.

Ich wuchs in Nordfriesland auf, in einem Dorf voller Klinkersteinhäuser, das sich im Sommer mit Touristen aus den Städten füllt und jeden Winter ausstirbt. Nachts schlich ich mich oft hinaus, wenn der Wind heulte. Dann ging ich den Strand entlang, atmete die salzige Luft ein und schaute auf das Meer, das sich bei Flut die Wattwüste zurück erkämpfte. Für jeden Schritt, den ich machte, schien mich der Wind zwei Schritte zurückzustoßen, bis ich mich in den Sand fallen ließ und so laut gegen den Wind anschrie, dass bald meine Stimme versagte.
Kyle wusste nichts von Nordfriesland oder dem Wind. Es war nicht schwer, ihm etwas vorzuenthalten, denn wenn wir uns unterhielten, sprach meist er, während ich seine Lippen beobachtete, wie sie Worte formten.

Er erzählte stundenlang von seinem Vater, dem kräftigen Mann mit dunklem Haar und ergrauten Schläfen, vom Haus seiner Kindheit, in dem sich kleine Seelen verlieren konnten. In meiner Vorstellung wandelte ich mit ihm durch lange weiße Flure, in denen es nach Raumerfrischer roch.

Einmal zeigte er mir ein Bild seiner Mutter, eine magere Frau mit langem, dunklem Haar. Ihr Mund war zu einem Lächeln verzogen, aber ihre Augen blieben ernst. Ihretwegen war er nach Europa gekommen, besuchte die Orte, an denen sie gelebt hatte, bevor sie seinen Vater kennenlernte.
Kyle hielt die Zigarette immer zwischen Daumen und Zeigefinger. Er erzählte mit starkem Akzent, dass er seinen Geburtstag meist an ihrem Grab verbrachte, weil er auf ihren Todestag fiel und von dem Kugelschreiber, den ihm sein Vater schenkte, als er vierzehn wurde. Dazu hielt er eine Rede, in der er das Erwachsenwerden mit dem Vietnamkrieg verglich. Am folgenden Abend stahl Kyle zum ersten Mal eine Schnapsflasche aus dem eisernen Vorrat im Keller. Er lachte trocken über all die skurrilen Geschichten, als wären sie nicht ihm, sondern jemand anderem passiert. Den Kugelschreiber hatte er immer noch.
Kyles Leben glich einem großen Abenteuer, und wenn ich meine Nächte mit ihm verbrachte, schien ich ein Teil davon zu werden. Sobald die Sonne aufging, fuhr ich zurück in meine kleine Wohnung am Hamburger Stadtrand. Ich packte die bodenlangen bunten Kleider, den Holzschmuck, den er mir geschenkt hatte, und meinen Drehtabak in die Kiste unter dem Bett und schlüpfte in Jeans, grauen Kapuzenpulli und Turnschuhe. Kyle wusste nicht, dass ich meine Tage an der Rezeption eines Zwei-Sterne-Hotels verbrachte. Dass ich in der Mittagspause durch die Stadt streifte und versuchte, mich in der Menschenmasse zu verlieren, die sich durch die Einkaufsstraße wälzte. Dass ich mich am Wochenende in meinem Bett versteckte, kiloweise Erdnüsse in mich hineinstopfte und Low-Budget-Schnulzen schaute oder in Bücher über große Abenteurer versank.

Es war eine Nacht im Herbst, die meisten Blätter waren von den Bäumen gefallen und säumten in bräunlichen Farben den Straßenrand. Der Regen prasselte auf die Windschutzscheibe und Kyle sagte mir, dass er weiterziehen müsse. Es fiel mir schwer, zu atmen. Der Wind würde jedes Wort verschlucken, also sagte ich nichts, sondern drehte die Kappe des Fläschchens auf und pinselte roten Nagellack auf meine Zehennägel.

Kyle schien mein Schweigen nicht zu stören. Er lächelt mich von der Seite an und sprach mit ruhiger Stimme von Costa Rica, wo die Straßen nachts lauwarm waren, weil sie die Mittagssonne speicherten.

„Du verlässt mich." Ich flüsterte so leise, dass ich mir nicht sicher war, ob er mich tatsächlich gehört hatte. Es dauerte einen Moment, bis er antwortete. Er erklärte, dass ihn die Wolken erdrücken würden, die im Norden dem Boden so nah waren. Dass es zu kalt werde. In seinem Rucksack hatte er zwei Flugtickets, eines drückte er mir in die Hand.

Ich hatte zunächst gedacht, die Zeit zum Überlegen sei viel zu kurz, denn der Flug ging schon in fünf Tagen, aber nachdem ich die ersten beiden Tage damit verbracht hatte, mich unruhig im Bett zu wälzen, wusste ich, dass die Zeit viel zu lang war.

Ich erstellte eine Pro- und Contra-Liste, zerriss sie und begann von vorne. Ich malte mir aus, wie es wohl sein würde, in einem fremden Land aufzuwachen.

Am dritten Tag begann ich, meine Sachen in unterschiedlich große Kartons zu verpacken und sie an zwei gegenüberliegenden Wänden zu stapeln. Auf der rechten Seite, bei den Kartons, die ich mitnehmen wollte, standen zwei Kisten.

Dann, am vierten Tag, rief ich meine Eltern an und fragte, ob ich ein paar Sachen bei ihnen unterstellen könne.

Der Flug war für Sonntag gebucht. Wir wollten uns vormittags am Flughafen treffen, aber als mein Wecker klingelte, blieb ich einfach liegen.

Ich starrte auf die Zeiger der Uhr, die sich rasend schnell bewegten, und konzentrierte mich darauf, gleichmäßig ein- und auszuatmen.
Nachmittags stand ich auf.
Ich öffnete das Fenster und streckte meinen Arm hinaus in den Nieselregen. Eine Nachricht auf meiner Mailbox, Kyle hatte sich gemeldet. Wo ich sei, fragte er, er habe schon eingecheckt. Ich könne mich ja nochmal melden. Das war alles. Also legte ich eine CD von Whitney Houston ein, er hätte darüber sicher spöttisch den Mund verzogen und begann, langsam meine Sachen wieder auszupacken.

Lina Thiede kommt aus Gießen, ist 1996 geboren und besucht die Liebigschule in Gießen.
Lina war bereits 2013 unter den Preisträgern.

„Unzufriedenheit mit dem Schicksal kommt vielfach daher, weil man glaubt, das Leben sei für den andern leichter als für einen selbst."
Emil Oesch

Lina Thiede

Destiny von gegenüber

Für alle, die ich mit diesem Text genervt habe! Unter anderem Elisa, Silvi, Frau Büger und natürlich meine Eltern ...
Außerdem vielen Dank an Vea für das tolle Lektorat.

Destiny von gegenüber

„Ich halte das nicht mehr aus!“, sagte meine Freundin gestern, während sie ihre alten Wollpullis in den Koffer warf. „Seitdem ich dich kenne, passieren mir seltsame Dinge.“
Sie nahm einen Stapel Bücher aus dem Regal. „Das warme Wasser ist immer zu schnell aufgebraucht. Letzte Woche sind Spülmaschine, Waschmaschine und Auto kaputt gegangen. Und Dienstag ist mir fast der Föhn in die Badewanne gefallen, in der du gelegen hast!“
Ihre Unterwäsche legte sie in die Sporttasche. „Jeden zweiten Morgen verbrennt der Toast“, ihre Stimme war hysterisch. Lissa stopfte die zweite Garnitur Bettwäsche in den Koffer und schloss ihn umständlich. „Mir ist das zu gruselig! Das war’s!“ Sie stürmte zur Wohnungstür.
„Lissa, bitte!“, sagte ich und versuchte, sie am Koffer zurückzuhalten. „Du weißt, das war schon immer so. Seit ich klein bin, verrecken mir reihenweise die Haustiere und alles geht schief, was schiefgehen kann!“
„Eben“, sagte sie trocken, entriss mir den Koffer und stapfte aus der Tür. Die Bettwäsche war ein Erbstück meiner Lieblingsoma.

Den gestrigen Abend verbrachte ich auf der Couch und versuchte, mein Unglück mit Fußball und Bier zu lindern, doch in der Halbzeitpause blieb ich bei Moulin Rouge hängen, verdrückte eine Familienpackung Eis und verfror mir die Zunge. Im Internet steht, das sei extrem selten und dass die zweite Halbzeit der Knaller war.

Ich sitze mit einer Schüssel Cornflakes auf dem Balkon. Die Abgase der vorbeifahrenden Autos ersetzen meine Morgenzigarette. Seit Lissa fort ist, lassen die Blumen die Köpfe hängen. Ich traue mich nicht, das zu beheben. Womöglich fallen die Blumenkästen einem Passanten auf den Kopf oder explodieren, weil ich das Mischverhältnis von Dünger und Wasser

nicht richtig wähle. Also starre ich hinüber zu den Regenwolken, die losregnen werden, sobald ich das Haus verlasse.
Als ich mich überwinde, nach der Post zu sehen, begegne ich der Nachbarin im rosa Bademantel. Ihre tiefroten Haare trägt sie in Lockenwicklern auf dem Kopf.
Unter der Woche steckt sie in viel zu engen Kleidern, die ihre üppigen Rundungen betonen, als wäre sie eine Presswurst auf Stöckelschuhen. Sie heißt Destiny und wohnt gegenüber.
Trotz dieses Namens ist sie keine Stripperin und hat einen Freund namens Karma. Karma sieht aus wie ein Inder, ist aber keiner.
Destiny lächelt mir zu. Ich muss erbärmlich aussehen. Verquollene Augen, ungekämmte Haare, ein altes, löchriges T-Shirt und die Häschen-Hausschuhe, die Lissa vergessen hat einzupacken. Eine Hose anzuziehen, habe ich vergessen.
„Ist alles in Ordnung?“, fragt Destiny vorsichtig. Ein paar Briefe lösen sich aus dem Stapel, den sie unterm Arm trägt, und fallen zu Boden.
„Nein“, sage ich und bücke mich, um sie ihr aufzuheben. „Aber es geht schon. Danke.“
Ich will weiter zu meinem Postfach, doch Destiny legt mir eine Hand auf den Arm.
„Willst du nicht kurz mit zu uns kommen? Du siehst aus, als könntest du Gesellschaft brauchen.“
Aufmunternd nickt sie in Richtung Treppe. Ich zucke mit den Schultern und bemühe mich, nicht loszuheulen.
„Karma kocht gerade. Und er macht immer zu viel“, sagt sie.

Ich sitze auf der durchgesessenen Couch meiner Nachbarn inmitten von Papierstapeln. Rechts von mir häuft sich dreckige Wäsche. Links von mir stehen verstaubte Zimmerpflanzen und vor mir, auf dem Wohnzimmertisch, quillt der Aschenbecher über.

Karma kocht chinesisch. Aber ich kann mit Sicherheit sagen, dass er kein Chinese ist. Ich ziehe ein Blatt unter meinem Hintern hervor. In mehreren Spalten sind darauf verschiedene Ankreuzmöglichkeiten abgedruckt.

„Lebensentwicklungsverlaufsplan", lese ich. „Bitte tragen Sie Namen und Geburtsdatum in leserlicher Schrift in die vorgegebenen Felder ein und kreuzen Sie in jeder Spalte maximal fünf Kästchen an. Familie, Freunde, Arbeit, Beziehung, Kinder, Gesundheit, Musik, Sport, Schule, Sonstiges", lauten die Kategorien.

Mit gerunzelter Stirn schaue ich auf.

„Was genau macht ihr nochmal beruflich?", frage ich. Destiny eilt herbei.

„Ach, Papierkram und so. Wir sind verbeamtet", entgegnet sie schnell, reißt mir das Blatt aus der Hand und drückt mir ein Glas Schnaps hinein.

„Wir haben doch erst ein Uhr."

„Ausnahmesituationen erfordern Alkohol."

Ich stürze den Alkohol hinunter. Es brennt im Mund und meine Kehle wird angenehm warm. Es schüttelt mich.

„Danke", sage ich. „Das hatte ich echt nötig. Lissa hat gestern Schluss gemacht. War aber absehbar, ich bin vom Pech verfolgt."

Bei dem Wort Pech lässt Karma die Sojasoße fallen. Eine schwarze Lache breitet sich auf dem Küchenboden aus.

„Andere Mütter haben auch schöne Töchter", meint Destiny. Ich seufze.

„Es geht doch nicht nur um Lissa. Meine ganze Existenz ist eine einzige Pechsträhne. Ich saß immer in dem Sandkasten, in den die Katzen geschissen haben. Ich wurde immer dann krank, wenn Ferien waren. Bei Klassenfotos musste ich immer niesen, wenn der Fotograf abgedrückt hat. Ich hatte nach jedem Toilettengang Klopapier am Schuh. Auch heute noch. Natürlich bekam ich in der Schulkantine immer den Teller, auf dem ein Achselhaar der Köchin thronte. Lissa war die erste Freundin, mit der es länger als ein halbes Jahr gehalten hat. Sonst kamen immer andere Männer dazwischen. In meinem Bett. Als ich nicht da war.“ Karma und Destiny gucken mich sprachlos an. Das nehme ich ihnen aber nicht übel. Ich wüsste auch nicht, was ich zu einem wie mir sagen würde.

Während Karma den Tisch deckt, kramt Destiny in Schränken, die bis oben hin voll sind mit Papieren.
„Schatz, kommst du?“, fragt Karma.
„Ich kann sie nicht finden!“, ruft Destiny, während ich Platz nehme.
„Was suchst du denn?“, frage ich.
„Die Erklärung für all dein Unglück.“
„Das hat auch bis nach dem Essen Zeit“, sagt Karma. Er stellt einen riesigen Topf in die Tischmitte.
„Ich habe alles dreimal durchgesehen! Das Problem ist, ich finde ihn nicht in den Listen.“
„Die Erklärung für all mein Unglück ist: Das Schicksal hasst mich“, sage ich, abgelenkt von den köstlichen Düften. Destiny hört auf, zu suchen und legt mir die Hände auf die Schultern.
„Also … hör mal. Das Schicksal hasst niemanden!“, sagt sie.
„Jeder Mensch hat eine Seele, die früher in einem anderen Körper gelebt hat und nach dem Tod immer wieder in neue Körper hineingeboren wird. Wie es der Seele in ihrem neuen Leben ergeht, wird durch die Anzahl der Punkte bestimmt, die sie in ihrem vorherigen Leben gesammelt hat“, sagt Karma und legt einen weiteren Löffel auf den Tisch.
Ich schaufle mir Unmengen von Reis auf den Teller, um darauf nicht antworten zu müssen. Ich habe zwar gewusst, dass meine Nachbarn etwas seltsam sind, aber ich hätte sie nicht für Esoterikfreaks gehalten.
„Ihr wollt mir jetzt sagen, dass das alles passiert, weil ich in meinem früheren Leben ein schlechter Mensch war?“, frage ich belustigt.

Destiny und Karma setzen sich an den Tisch und Destiny beginnt, mir sehr viel von dem süß-sauren Hühnchen auf den Teller zu laden.
„Nun ja, bei dir ist es etwas komplizierter. Du bist anscheinend nicht registriert."
„Es gibt gewisse Papiere, die wir verwalten und zusammenstellen", fügt Karma hinzu.
Ich sehe vom einen zum anderen.
„Soll das heißen, ihr zwei seid mächtige Gottheiten, die das Schicksal der Menschen in Händen halten?" Zum ersten Mal, seit Lissa fort ist, muss ich wieder lachen.
„Nein, in unserem Job geht es wirklich nur um Papierkram. Alle anderen Anweisungen erhalten wir von oben."
„Vom Himmel?", frage ich und kann den Spott in meiner Stimme nicht verbergen.
„Nein. Vom Chef."
„Gott oder Zeus?"
„Wir kennen ihn nicht persönlich", antwortet Karma.
„Ihr kennt ihn nicht?", frage ich ungläubig.
„Nein. Wir wissen nicht, wer er ist." Wer außer Drogendealern und Auftragsmördern arbeitet für mächtige, unbekannte Chefs?
„Leute, ihr erwartet nicht ernsthaft, dass ich euch den Quatsch glaube?"
Destiny schaut einen Moment lang zu Karma. Der zuckt mit den Schultern.
„Wie hieß dein letztes Haustier?"
Ich zögere einen Augenblick.
„Pluto", sage ich dann.
Destiny steckt den Kopf in einen der Kartons, die das Sofa belagern, und wühlt darin herum.
„Hier!" Sie knallt ein einen Bogen Papier vor mir auf den Tisch, ein paar Reiskörner fliegen von meinem Teller auf die weinrote Tischdecke. Das gleiche Papier lag auch auf der Couch.

„Also, Pluto war ein Hamster", fängt Destiny an, „erstickte vor zwei Wochen, weil er zu viele Macadamianüsse in seine Backen gestopft hatte. In seinem früheren Leben war er Investmentbanker, verprasste die Millionen kleiner Anleger und wurde deshalb in diesen, deinen Käfig verdonnert, um Schätze zu horten. Durch seine Sparsamkeit sammelte er Pluspunkte, wegen des dreiundzwanzigmaligen Beißens deiner Hand musste er Punkte abgeben. Da er dennoch genügend Punkte gesammelt hat, stieg er in die nächste Reinkarnationsklasse auf: Er ist jetzt Zuchtgockel auf einer Hühnerfarm in Südengland."
Mein Hunger ist mit einem Mal verflogen. Woher weiß Destiny, dass er ausgerechnet an Macadamianüssen verstarb? Das weiß nicht einmal Lissa.
„Trink noch einen", sagt Destiny und schiebt mir ein weiteres Glas Schnaps zu. Ich kippe es hinunter und schenke mir gleich noch ein drittes ein.

„Als Entschädigung", sagt Destiny schließlich, „darfst du die letzte Seite deines Lebensentwicklungslaufplans selbst ausfüllen." Sie klingt ganz feierlich, als sie mir einen Blanco-Ordner reicht. Ich sehe nur zwei leere Felder:

Todesalter: ____________________
Todesart: ____________________

„Heißt das, ich darf mir aussuchen, wie und wann ich sterbe?", frage ich. Destiny lächelt.
„Nur nicht älter als 150."
Ohne lange zu überlegen, notiere ich „103" bei Todesalter und „Einschlafen" bei Todesart.
Vor Aufregung schenke ich mir noch einen Schnaps ein.
„Geht das so?", frage ich, kippe ihn hinunter und schiebe ihr den Lebensentwicklungsverlaufsplan hin.

„Ja, natürlich“, bestätigt sie. „Du musst nur noch hier unterschreiben, dass du das Kleingedruckte zur Kenntnis genommen hast.“
„Alles klar“, lalle ich und unterschreibe.
„Herzlichen Glückwunsch!“, sagt Karma und reicht mir die Hand. „Jetzt bist du registriert und hast ein Schicksal.“

Zurück in meiner Wohnung, stecke ich ein Toast in den Toaster. Nach eineinhalb Minuten springt es knusprig und goldbraun wieder heraus. Auf dem Anrufbeantworter befindet sich eine Nachricht von Lissa. Sie müsse mit mir reden. Es tue ihr leid. Mit einem zufriedenen Seufzer lasse ich mich auf einen Küchenstuhl sinken. Ich habe große Lust, mir ein Lotterie-Los zu kaufen. Wer nicht wagt, der nicht gewinnt. Wer weiß, was das Schicksal noch für mich bereithält. Ich genieße mein Toast und verlasse ohne Regenjacke das Haus.
Oh Wunder! Ich bleibe trocken. Neben mir rauschen die Autos dahin. Mit beschwingten Schritten gehe ich Richtung Kiosk. Mein Leben wird super. Siegessicher setze ich den Fuß auf die Straße. Mein Tod wird nicht vor dem 103. Lebensjahr eintreten. Ich schaue auf: Von rechts naht mit hoher Geschwindigkeit ein LKW. Ich muss grinsen, doch da durchzuckt mich ein jäher Schmerz. Ich fliege durch die Luft und lande etwa dreißig Meter vor dem Kiosk. Blut sammelt sich neben meinem Kopf. Ich spüre, wie mein Atem langsamer wird. Scheiße, denke ich. Nix Lotterie, nix Lissa, nix Toast. Ich hätte das Kleingedruckte gründlicher lesen sollen. Da stand doch etwas von wegen, man solle das Schicksal nicht herausfordern. Oder ich bin verarscht worden.

Kerstin Uebele kommt aus Bad Nauheim, ist 1997 geboren und besucht die Ernst-Ludwig-Schule in Bad Nauheim. Kerstin war dritte Preisträgerin 2013.

"But there's laughter and there is love
Just past the edge of our fears."
Rise Against

Kerstin Uebele

Traumgläser

Für Egalkinder und Niemandsfreunde.

Traumgläser

Man darf einer Katze nicht sagen, dass sie die Vorhänge in Ruhe lassen soll. Auch, wenn sie so gerne damit spielt. Man darf eine Katze auch nicht plötzlich hochheben, wenn sie gerade ihre Krallen ausgefahren und diese im Vorhangstoff versenkt hat. Dann werden Katzen nicht gerne gestreichelt oder hochgehoben. Hätte ihr das mal jemand früher gesagt.
Auf Caitlins Arm erscheint eine dünne rote Linie, wo das Tier sie erwischt hat. Zuerst sind es nur kleine Punkte. Nebeneinander, wie Perlen auf eine Kette gereiht. Eine rote Kette. Und sie brennt. Sie darf jetzt nicht weinen, selbst wenn es wehtut. Mum ist nicht da und sonst ist niemand in der Wohnung, der sie trösten könnte. Nur die Katze, aber die hat sich wie immer unter dem Schrank verkrochen.
Sie dreht den Arm leicht zur Seite und die Perlen werden Sternschnuppen und ziehen einen dunkelroten Schweif hinter sich her, als sie von ihrem Unterarm zu tropfen drohen.

Die Packung mit den Taschentüchern liegt auf der Kommode. Caitlin ist schon lange so groß, dass sie darüber gucken kann. Früher konnte sie das nicht, aber früher zählt jetzt nicht mehr. Sie streckt den linken Arm aus und ihre Finger angeln nach der Packung. Halbvoll, mindestens. Bis Mum wieder da ist, müssen die Tücher reichen.
Sie zieht ein Tuch heraus und drückt es auf die roten Tropfen, die mittlerweile verlaufen sind. Es brennt, es blutet weiter.

Eigentlich mag sie Hunde lieber. Irgendwann wird sie Mum das mal sagen, wenn die Katze tot ist oder so alt, dass sich niemand mehr um sie kümmert. Sie hätte lieber einen Hund gehabt, mit Schlappohren und zotteligem Fell und großen Pfoten, Pfoten ohne Krallen. Mit einem Hund kann man viel mehr anfangen, glaubt sie. Aber Mum wollte die Katze, und jetzt ist die Katze da. Caitlin weiß, warum, aber sie darf es nicht sagen. Weil es niemand hören will.

Die Taschentücher werden doch nicht reichen. Sie bleiben nicht auf der Wunde kleben. Pflaster tun das. Die mit den Schmetterlingen haften am allerbesten. Hat sie festgestellt.

Shane wühlt mit beiden Händen in seiner Holztruhe. Er sucht etwas darin, aber will nicht verraten, was. *Es ist eine Überraschung*, sagt er.
Caitlin sitzt auf seinem Bett und sieht ihm zu. Er hat ein großes Zimmer, doppelt so groß wie ihres. Und er hat schon einen Schreibtisch. Dabei gehen sie beide noch nicht einmal zur Schule.
Mum sagt, seine Eltern haben viel Geld. Sie sagt das immer, als ob sie neidisch ist. Aber Erwachsene sind nicht neidisch aufeinander. Sie müssen sich nicht um Spielzeug streiten.
Die Zimmertür ist zu. Shane darf seine Tür zumachen, wann immer er will. Sie darf das nicht, seit sie einmal in ihrem Zimmer auf den Kleiderschrank geklettert und runtergefallen ist. Handgelenk gebrochen. Seitdem muss die Tür offenbleiben.
Shane hat gefunden, wonach er gesucht hat. Er steht auf und dreht sich zu Caitlin um, in den Händen hält er einen Gegenstand. Sie kann ihn nicht sehen, er muss sehr klein sein.
Was ist das?, fragt sie.

Pflaster sind in dem Metallkasten mit dem großen Kreuz darauf. Der hängt im Badezimmer. Sie darf eigentlich nicht an den Schrank, Mum hat es verboten. Sie hat nie erklärt, warum. Aber oft hat sie es gesagt, sehr oft. Und Caitlin hat nicht gefragt. Es muss etwas mit Dad zu tun haben. Alles hat immer mit Dad zu tun.

Das ist ein Traumglas, sagt Shane und hält ihr seine Hände vor die Brust. Zwischen den verschränkten Fingern blitzt etwas hervor, glänzend und hellbunt.
Ich hab noch nie von einem Traumglas gehört, sagt Caitlin zögernd. Dann fällt ihr ein, dass es vielleicht ein Gegenstand ist, den nur reiche Leute besitzen können. Vielleicht sind Traumgläser sehr teuer.
Natürlich nicht, das habe ich selbstgemacht, sagt Shane und grinst. Er hebt die linke Hand, auf der rechten liegt ein kleines Gefäß aus Glas, bauchig und rund. Ein weißer Deckel aus Plastik ist darauf geschraubt. Im Glas sind Papierkügelchen, hellblau, rosa, hellgrün, gelb.
Was ist das?, fragt sie wieder.

Sie steht vor dem Metallkasten und das rote Kreuz funkelt sie böse an, mit dem sich spiegelnden Licht der Deckenlampe. *Das Kreuz ist der Bewacher*, denkt sie. Der weiß bestimmt, dass sie hier eigentlich nicht ran darf. Aber der Kratzer blutet immer noch und das Papiertaschentuch ist auf der Oberfläche nicht mehr nur weiß.
Caitlin greift nach dem Hocker, der neben der Dusche steht. Er ist schwerer, als er aussieht. Die Holzfüße kratzen über den Fliesenboden. Sie mag dieses Geräusch nicht, es klingt wie jemand, der nicht singen kann.
Wenn der Schrank mit dem Kreuz ganz verboten wäre, dann hätte man ihn noch höher hängen müssen. Nicht so, dass ein Mädchen wie Caitlin drankommt, wenn sie auf einem Hocker steht. Also ist es nicht komplett verboten. Und es ist immer noch ein Notfall.

Auf den Zetteln stehen alle guten Träume und Gedanken drauf, die ich mal hatte. Und jetzt muss ich nur darauf warten, dass ich sie nochmal träume. Das macht ein Traumglas, verstanden?
Manchmal ist Shane gemein, wenn er Dinge weiß, die sie nicht weiß. Er ist nicht einmal älter als sie. Nur ein paar Tage.

Du kannst noch nicht mal schreiben, wie soll denn auf den Zetteln irgendwas draufstehen? Sie kann zumindest ihren Namen schreiben. Shane kann das nicht.
Die Idee ist schön. Träume in ein Glas zu füllen und sie nochmal träumen zu wollen. Wenn man daran glaubt, klappt es bestimmt. Shane murmelt etwas von unsichtbarer Tinte und buntem Papier, aber sie hört nicht mehr zu.

Die Pflaster sind nicht da. Nicht die mit Schmetterlingen und nicht die ohne. Der Schrank hat zwei Bretter in der Mitte. Er sieht aus wie ein Puppenhaus aus Metall. Nur nicht so schön.
Auf dem untersten Brett liegt die kleine silberne Schere, mit der Mum immer ihre Nägel schneidet. Daneben stehen ein paar Rollen aus weißem Stoff. Sie sehen aus wie kleine Klopapierrollen. Wenn man ganz viel blutet, muss man sich so einen Verband umwickeln, damit es aufhört.
Caitlin guckt auf ihren Arm herunter. Das Taschentuch hat oben rotbraune Flecken bekommen. Sie sind schon angetrocknet. Das ist zu wenig Blut für einen Verband, aber genau richtig viel für ein Pflaster mit Schmetterlingen.

Sie mag die Träume, in denen man fliegen kann. Dann ist es, als wäre man unter Wasser und der Körper hat kein Gewicht mehr, das einen nach unten zieht. Die Arme ausbreiten wie ein Vogel ohne Federn und springen und keine Angst haben, zu fallen. Sie hatte mal Höhenangst bis zu dem Augenblick, als sie von ihrem Kleiderschrank gesprungen war. Danach hatte sie nur noch einen Gips um die Hand und keine Angst mehr.
Dad hat sie damals ins Krankenhaus gefahren. Und dann hat er mit Filzstift einen riesigen Smiley auf den weißen Gips gemalt, *Caitlin* daneben geschrieben. Sie solle nie vergessen, zu lachen, hat er gesagt. Ganz oft. Bis er es selbst vergessen hat.

Shane sagt, im Glas, in dem seine Traumzettel drin sind, war mal Gesichtscreme von seiner Mutter. Bestimmt teure. Alles, was Shanes Eltern haben, ist teuer.
Vielleicht hat seine Mutter noch ein leeres Glas übrig, das sie nicht mehr braucht. Mum hat keine teuren Cremes in einem Gefäß mit weißem Deckel. Unnötig, würde sie dazu sagen.
Caitlin will auch ein Traumglas. Man muss ja nicht schreiben können, da hat Shane recht, die Zettel wissen, welcher Traum gemeint ist. Und das Glas weiß es auch.
Ihr Freund kramt ein paar Actionfiguren aus seiner Holztruhe und legt ihr eine vor die Füße. Er selbst spielt immer mit zwei Figuren gleichzeitig, in jeder Hand eine Figur. Eigentlich braucht er Caitlin gar nicht. Aber Mum will, dass sie sich regelmäßig treffen, immer bei Shane. Seit einer Weile noch mehr als sonst.
In Gedanken beginnt sie Träume zu sammeln, die sie in das Glas füllen will. Träume vom Fliegen, Träume vom Zaubernkönnen, Träume von einem Hund. Träume von Dad.

Auf dem zweiten Regalbrett könnten vielleicht Pflaster sein. Pflaster sind klein und schmal, man kann sie leicht übersehen. Caitlin schiebt ihre rechte Hand vorsichtig in den Schrank und tastet die Zwischenräume ab. Sie darf nichts umwerfen oder kaputtmachen. Mum würde böse werden, wenn sie wieder da ist. Sie ist öfter weg in letzter Zeit und lässt Caitlin dann alleine in der Wohnung. Ihr würde das nichts ausmachen, wenn sie einen Hund hätte. Oder die Katze netter zu ihr wäre.
Mum sagt nie, wo sie hingeht. Sie trägt meistens eine schwarze Jacke und eine passende Hose dazu, wenn sie das Haus verlässt, Mum trägt jetzt viel schwarz.
Immer noch keine Pflaster gefunden. Die Katze ist an allem schuld. Sie hat sich ja in den Vorhängen verhakt mit ihren Krallen und dann hat sie Caitlin gekratzt.

Vielleicht sind auch die Vorhänge schuld. Ohne die würde sie nämlich gar nicht hier auf dem Hocker stehen und ein Pflaster mit Schmetterlingen brauchen, das sie sich auf den Arm kleben muss, weil das Taschentuch zu sehr fusselt.

Wenn alle Menschen Traumgläser hätten, denkt Caitlin. Dann wären die Menschen bestimmt glücklicher, weil sie gut schlafen können. Caitlin weiß nicht einmal, ob Erwachsene überhaupt noch träumen. Mum kann sich nie an ihre Träume erinnern, immer wenn Caitlin sie gefragt hat, wusste sie es nicht mehr.
Dad hat geträumt. Aber nicht schön. Albträume. Er ist oft in der Nacht aufgestanden und durch die Wohnung gelaufen, und er hat sich im Bett herumgewälzt, wenn er doch schlafen konnte. Es ist nicht leicht, zu schlafen, wenn im Zimmer nebenan jemand liegt, der schlecht träumt. Und man nichts machen kann.

Hinter dem Fieberthermometer ist sie, endlich, die Schachtel mit den Pflastern. Caitlin atmet erleichtert auf. Jetzt bloß nichts im letzten Moment umwerfen. Vorsichtig greift sie nach der Pappschachtel und zieht sie aus dem Schränkchen.
Im Bad ist es kalt, kälter als im restlichen Teil der Wohnung. Im Winter kann man nur mit drei Paar Socken an den Füßen über den gefliesten Fußboden laufen. *Und im Sommer ist es der einzige Ort, an dem die Wände nicht schwitzen*, hat Dad mal gesagt. Er hat viel gesagt. Früher.
Caitlins Fingerspitzen sind starr und kühl und unbeweglich, als sie in die Packung greift und einen der Papierstreifen hervorzieht.
Unter dem milchig weißen Stoff schimmert etwas Hautfarbenes hervor. Keine Schmetterlinge. Nicht mal Micky Mouse. Schade. Dann muss sie sich mit einem der langweiligen Pflaster abfinden, die nicht so gut kleben und nicht so gut heilen.

Sie reißt den weißen Streifen davon ab und dreht es um, sodass die weiche Seite nach unten zeigt. Von Mum weiß sie, dass man das so macht. Sie zupft das krümelige Taschentuch von der Wunde, sie beginnt sofort wieder zu bluten. Es brennt noch schlimmer als davor. *Nicht weinen*, sagt sie sich.
Das hautfarbene langweilige Pflaster wirkt seltsam orange auf ihrem hellen Arm. Das fahle Licht, das durch das Badfenster fällt, malt ihre Haut weiß und bläulich an. Es sieht krank aus, krank und kaputt. Caitlin weiß, wie kaputte Menschen aussehen.

Was ist eigentlich mit deinem Dad?
Shane sieht von seinen Actionfiguren auf, die sich verkeilt haben. Er zieht an der roten Figur, aber sie löst sich nicht von der anderen.
Caitlin legt ihre Figur weg. Shane sieht ihr in die Augen, sie kennt diesen Blick von seiner Mutter, wenn sie etwas von ihm wissen will.
Was meinst du? Ausgesprochen klingt diese Frage noch dümmer als in ihrem Kopf, sie weiß doch, was Shane meint.
Naja, meine Eltern sagen, ich soll dich nicht darauf ansprechen, aber ...
Er redet nicht weiter. Verlegen senkt er den Kopf, die schwarzen Haare fallen ihm ins Gesicht. Shane ist kleiner als sie. Sie darf sich nicht darüber lustig machen, dann wird er sauer.
Meinem Dad geht es gut, sagt sie schließlich.
Wirklich?

Caitlin weiß, dass man nicht herumschnüffeln darf, so etwas machen nur unehrliche Leute. Schon gar nicht in Schränken mit einem roten Kreuz darauf, blutrot.
Aber sie hat das oberste Regalbrett noch nicht erforscht. Kurz hält sie inne und lauscht. Kein Motorengeräusch, keine Schritte. Nichts als Stille und fahles Licht. Dann wendet sie sich wieder dem oberen Brett zu.

Jede Menge Pappschachteln mit langen Wörtern darauf. Sie kann zwar noch nicht lesen, aber sie weiß, wann ein Wort lang ist und wann nicht. Und dazwischen ein paar Plastikgefäße. Sie sehen alle unglaublich wichtig aus und nicht so, als ob irgendwo Schmetterlinge oder Micky Mouse drauf sind.

Vielleicht sind die ganzen Schachteln auch nur ein Versteck für etwas anderes, so geheim, dass niemand es finden darf.

Das blaue Plastikröhrchen, das sich hinter den vielen weißen versteckt, kennt Caitlin. Sie hat es noch nie in der Hand gehabt. Aber Dad schon. Oft hat sie ihn gesehen, nachts, wenn er nicht schlafen konnte und sie auch nicht. Die Zimmertür muss auch in der Nacht immer offen stehen. Dad braucht das blaue Röhrchen, damit er keine Albträume bekommt. Dann kann er ruhig schlafen.

Irgendwann ist er in jeder Nacht aufgestanden, ins Bad gegangen und hat danach gesucht. Er hat oft neue blaue Röhrchen gekauft.

Mum hat immer so getan, als würde sie nichts mitbekommen.

Sie konnte die Nächte gut durchschlafen, ist nicht aufgewacht, wenn jemand durch die Wohnung geirrt ist. Oder es war ihr egal.

Wenn sie miteinander geredet haben, dann so laut, dass die Nachbarn es auch gehört haben. Sie haben gegen die Wände gehämmert.

Vielleicht ist das blaue Plastikröhrchen auch ein Traumglas, schießt es ihr durch den Kopf. Traumgläser müssen ja nicht immer aussehen wie das von Shane. Manche muss man wohl nachkaufen, weil sonst zu wenig Platz ist. Für die ganzen Träume und Gedanken.

Eine Nacht mit viel Geschrei vor dem Schlafengehen, und Dad ist wieder aufgewacht. Caitlin hat irgendwann aufgehört, sich die Mühe zu machen, überhaupt einzuschlafen. Dann wird sie mitten in der Nacht durch nackte Füße auf dem Fliesenboden geweckt. Es ist anstrengend, dann immer wieder aufzuwachen. Und es macht ihr Angst. Soviel Angst, dass sie

kaum atmen kann, dass die warme, klebrige Luft nicht bis in ihren Kopf vordringt.
Eine Nacht, in der Dad wohl viele gute Träume nehmen musste, damit er gegen die Albträume ankam. Mehr als viele.

Caitlin zieht den Deckel von dem blauen Gefäß und jetzt ist das, was sie tut, mehr als verboten. Das Röhrchen war Dads Traumglas. Sie sollte nicht herumschnüffeln. Das machen nur unehrliche Leute.

Eine Nacht, in der Caitlin vom vielen Denken erschöpft doch eingeschlafen ist. Sie hat nicht von Dad geträumt. Sondern vom Fliegen, das weiß sie noch. Sie hat ihn vergessen.
Mum hat sie aufgeweckt, irgendwann am Morgen, denn sie hat geschrien. Nicht so, wie sie Dad immer angeschrien hat, mit Worten und Beleidigungen. Ihr Schrei ging unter, weil sie weinte, und sie brauchte lange, um aus dem Schlafzimmer zu kommen, und dann brachte sie Caitlin zu Shane.

Das blaue Röhrchen ist leer. Ein bisschen weißer Staub hat sich auf dem Boden gesammelt. Caitlin pustet hinein und er wirbelt auf und fliegt ihr bitter in die Nase. Sie muss niesen. Das ist kein übrig gebliebener Staub von Träumen oder Albträumen.

Als Mum sie mit dem Auto zu Shane fuhr, sagte Caitlin nichts. Sie fragte nicht, was mit Dad war. Sie fragte nicht, warum Dad nie schlafen konnte und sich dann nachts ins Bad schlich, um Albträume zu töten. Sie fragte auch nicht, warum sie jetzt zu Shane musste. Sie war gerne bei Shane, aber nicht früh am Morgen, wenn sie nicht wusste, warum Dad nicht von Mums Schrei aufgewacht war.

Sie hätte wirklich lieber einen Hund gehabt. Aber Mum hat sie nie gefragt. Sie hat sich die Katze ins Haus geholt, und nicht gesagt, warum. Vielleicht denkt sie, dass Caitlin nicht von alleine darauf kommen würde, darauf, dass Mum einsam ist und jemanden braucht, den sie anschreien kann, ohne, dass er zurück schreit. Jetzt, wo Dad nicht mehr da ist, der nicht zurückschreit.

Irgendwann wird Caitlin Shanes Mutter fragen, ob sie noch ein leeres Gesichtscremeglas übrig hat. Es muss nicht mal einen weißen Deckel haben. Nur groß sollte es sein, so groß, dass alle ihre hellbunten Zettel mit Träumen darauf hineinpassen.

Elisa Wächtershäuser kommt aus Butzbach, ist 1992 geboren und hat das Weidiggymnasium in Butzbach besucht. Jetzt studiert sie in Marburg.

Elisa hat war beim Jugendliteraturpreis bereits 2008, 2010 und 2013 erste Preisträgerin, zweite Preisträgerin 2012 und unter den Preisträgern 2007 und 2009.

Elisa Wächtershäuser

Vor dem Herbst

Vor dem Herbst

Vera hat ihn kennengelernt, bevor das Kind geboren wurde. Damals waren die Mutter und sie noch allein gewesen und das Kind war nur die wachsende Rundung des Bauches der Mutter. Sie haben sich im Sommer kennengelernt, in der Bar, in der Vera drei Abende die Woche arbeitet. Es war einer der längsten Tage des Jahres.
Sie sehen sich zu selten, findet er. Er ist wie ein Kind, denkt Vera. Wie er ihre Hand umklammert, wenn sie zusammen unterwegs sind, als habe er Angst, sie könne sich zu weit von ihm entfernen, wie er sich für keinen Witz, keine Albernheit zu schade ist, um sie zum Lachen zu bringen, wie er tagelang schmollt, wenn sie ein Treffen absagt. Dabei ist er älter als sie, hat bereits selbst zwei Kinder. Der Sohn ist vier, die Tochter ein Säugling, geboren, kurz, bevor sie sich kennenlernten, nur wenig älter als das Kind der Mutter.

Während die Mutter das Kind bekam, sah Vera einen Film über Tiefseefische. Es war schon lange Nacht. Vera hatte die Fenster geöffnet, weil es so heiß war, die Luft war unbewegt und schwer, im flackernden blauen Licht des Fernsehers flossen die Schatten der Möbel wie unterseeische Gebirge über die Wände. Vera fühlte sich, als würde sie Wasser atmen. Im Film glitt die Kamera immer tiefer hinab, die Lichtkegel fluteten über die öde Landschaft, über tiefe Gräben und Schluchten, aufgerissene Nähte am Meeresgrund.

Die Mutter kam aus dem Krankenhaus. Sie war blass, die Haut an ihren Wangen schlaff. Das knittrige Sommerkleid reichte ihr bis unter die Knie, ein blaues Adernetz auf ihren Beinen, die Füße unter den Sandalenriemchen aufgequollen. Die Mutter stellt das Kind in der Babyschale auf

den Küchentisch. Das Kind war ein winziges gelbhäutiges Wesen. Vera schob ihm das Mützchen aus dem Gesicht. Es hatte hervorstehende Augen wie ein Fisch.
„Was willst du jetzt damit anfangen“, sagte Vera zur Mutter. „Du bist zu alt für ein Kind.“
Die Mutter knöpfte ihr Kleid auf und holte ihre Brust hervor, um das Kind zu stillen.
„Mein Kind“, sagte Vera, „mein Kind hätte es sein sollen.“

Das Kind lag den Tag über in der Babyschale auf dem Küchentisch, bewegte sich nicht, war ganz still, blinzelte mit seinen Fischaugen. Vera in ihrem Zimmer vergaß es fast. Die Mutter packte ihre Tasche aus. Wusch ihre verschwitzten Nachthemden, die blutigen Unterhosen. Sie bezog das Kinderbett, stellte einen Karton Windeln unters Waschbecken und Puder, Öl und Wundsalbe auf den Wickeltisch.
Am Abend trug sie die Babyschale ins Wohnzimmer, knöpfte ihre Bluse auf, legte ein Handtuch auf ihren Schoß und nahm das Kind auf den Arm. Das Kind zuckte, vielleicht weil die Hände der Mutter so kalt waren, sein ganzer Körper zuckte und als es zu schreien anfing, zuckte auch die Mutter und hätte das Kind beinahe fallen gelassen.

Er hatte in der Bar gesessen und Bier getrunken. Er hatte immer wieder zu ihr hingeschaut, sie beobachtet, wie sie hinter dem Tresen Gläser spülte, aber er hatte sich nicht getraut, sie anzusprechen. Sie hatte sich zu ihm gesetzt, weil Dienstag gewesen war und kaum Gäste da waren, und sie hatten geredet. Er war beruflich in der Stadt, blieb ein paar Tage, fuhr am Wochenende nach Hause zu der Frau und den Kindern.
Vera weiß nicht, ob es ihr gefällt, eine Frau mit einer Affäre zu sein. Als sie ihn kennenlernte, war es ihr wichtig erschienen, es zu werden.
Sie mag die Heimlichkeit, das Ungefähre zwischen ihnen, sie mag die begierigen Fragen ihrer Freundinnen, die unsicheren Fragen der Mutter.

Sie mag es, Nachrichten an seine Handynummer zu senden, wenn sie weiß, dass er beim Abendessen sitzt mit seiner Frau und den Kindern. Sie treffen sich, wenn er in der Stadt ist. Vera mag diese verstohlenen Treffen, und wie er dann sagt, er könne noch nicht fort von ihr, sie verlassen, nur einen Augenblick noch, einen Kuss im Auto, im Bett, nachts an den Straßenecken außerhalb der Lichtkreise, und wie sie dann sagt, doch du musst, du musst gehen, wir müssen uns jetzt verabschieden, es muss sein.

Das Kind schreit Tage und Nächte lang. Es schreit schrill und kläglich wie ein Katzenjunges, und wenn die Mutter es aus dem Bettchen reißt und trösten will, schreit es noch lauter.
„Es hat Hunger", sagt die Mutter, „es trinkt ja kaum."
Sie legt das Kind an die Brust, das Kind saugt, verschluckt sich, hustet, schreit, sein Gesicht läuft blau an, die Mutter klopft ihm erschrocken auf den Rücken.
„Es nimmt nicht zu", sagt sie. Sie kauft Milchpulver, rührt es in angewärmten Fläschchen an und träufelt es dem schreienden Kind zwischen die Lippen. Das Kind hat magere Ärmchen und trockene Haut, es sieht aus wie eine verschrumpelte Frucht, aber es hat viel Kraft. Es schreit, wenn die Mutter es morgens aus dem Bettchen nimmt, wenn sie es wickelt, wenn sie es auf dem Arm durch die Wohnung trägt oder es auf ihren Knien schaukelt. Die Mutter drückt das Kind an ihren Körper, hält sein vom Schreien fieberheißes Köpfchen, das Kind biegt den Rücken durch, stemmt sich gegen ihre Hände.
Es schreit sich in die Erschöpfung, schläft mit offenem Mund ein und atmet laut durch die Nase, die Hände neben dem Kopf zu Fäusten geballt.
„Ein Schreikind", sagt die Mutter, „es wird besser, wenn es älter wird."

Sein Kind schläft schon lange die Nächte durch, hat er Vera erzählt. Er hat ihr das Haus beschrieben, das er gekauft hat, ein Haus mit roten Klinkerwänden und grünen Fensterläden und einem großen Garten.
„Komm mich besuchen“, hat er gesagt. „Ich höre jede Nacht den Wind in den Bäumen, aber ich habe noch nie draußen geschlafen. Komm mich besuchen, solange es warm ist.“
Einmal im Monat fährt seine Frau übers Wochenende mit den Kindern zu den Großeltern.
„Ich werde kommen“, hat sie gesagt.
„Es wird bald zu kalt sein, um draußen zu schlafen.“
„Ich werde vor dem Herbst kommen.“
Sie weiß, dass der Sommer fast zu Ende ist. Es wird schon kühler in den Nächten, manchmal wacht sie auf und friert unter ihrer dünnen Decke. Ihr letztes Treffen liegt Wochen zurück. Wenn er sie anruft, sagt er, dass er sie vermisst. Sie sagt, er fehle ihr auch.
Vera weiß, dass er sie schön findet. Einmal sind sie nachmittags zum See gefahren, sie hat auf der Fahrt ihre Schuhe ausgezogen und ihre nackten Füße aufs Armaturenbrett gelegt.
„Das ist gefährlich, was du da machst“, hat er gesagt. Sie hat ihre Rückenlehne nach hinten gestellt und die Arme über den Kopf gestreckt, bis sie die Spannung an der Bauchhaut spüren konnte. Sie hat gemerkt, wie schwer es ihm fiel, sich auf die Straße zu konzentrieren, auf Lenkrad, Schaltung, Gas, dass sein Blick zwischen Außenspiegel, Innenspiegel, Windschutzscheibe hin und her ging und immer wieder an ihren Körper haften blieb.

Im Wohnzimmer ist das Kind aufgewacht. Vera ruft nach der Mutter und klopft gegen die Wand zum Schlafzimmer der Mutter. Das Kind schreit so laut, dass Vera denkt, gleich muss ihm der kleine Brustkorb zerreißen. Die Mutter kommt nicht, sie muss eingeschlafen sein. Vera klopft noch

einmal gegen die Wand. Wie kann man so fest schlafen, denkt Vera, wie kann man da nicht aufwachen.
Das vor Anstrengung verzerrte Gesicht des Kindes ist grau und faltig wie das Gesicht eines Toten, aus seinen Fischaugen quellen Tränen hervor. Vera tippt vorsichtig auf den Bauch des Kindes. Es fuchtelt mit den Armen, sie hält seine kleinen Hände fest. Sie nimmt das wachsgesichtige Kind auf den Arm, es zittert und schnieft, sie schaukelt es leicht und das Kind der Mutter wird ruhig bei Vera.

Es ist, als hätte das Kind sie ausgesucht.
„Es hätte mein Kind sein sollen", sagt sie zur Mutter.
Vera weiß, ob das Kind Hunger hat, ob seine Windel feucht ist, ob es weint, weil ihm zu warm oder zu kalt ist oder weil ihm die Luft im Bauch drückt. Wenn das Kind laut und zornig schreit und sich die Tränen im Gesicht verschmiert, muss Vera es nur auf den Arm nehmen, damit es sich beruhigt und still wird wie eine Puppe.
Morgens schläft sie gerne aus und oft ist das Kind lange vor ihr wach. Manchmal weckt sie das Geschrei, dann zieht sie sich die Decke bis zum Kinn und lauscht, müde und entspannt, viel zu träge um aufzustehen. Sie weiß, dass die Mutter um das Bett des Kindes herumläuft und sich nicht traut, es herauszunehmen.

Jeden Nachmittag legt Vera das Kind in den Wagen und geht mit ihm im Park spazieren. Manchmal setzt sie sich beim Spielplatz auf eine Bank, sieht den älteren Kindern beim Klettern und Rutschen zu und unterhält sich mit den Müttern.
Für die Mutter bleibt genug zu tun. Sie kauft neue Kleidung für das Kind, weil es so schnell wächst. Sie kauft eine gefütterte Mütze und Handschuhe und eine Winterjacke. Sie wäscht die Bodys und Strampelanzüge und Schlafsäcke des Kindes, kocht die Flaschen und Sauger aus,

räumt die Wohnung auf, bastelt ein Mobile für das Kinderbett, putzt die Fenster und schneidet bunte Fensterbilder aus Transparentpapier zurecht. Dabei lässt sie Vera, die mit dem Kind auf dem Sofa sitzt, nicht aus den Augen. Wenn das Kind seinen Schnuller ausspuckt, eilt sie herbei, hebt ihn auf und spült ihn unter dem Wasserhahn ab, bevor Vera sich bücken kann.
Wenn Vera sagt: „Ich muss weg. Ich muss arbeiten. Ich muss an die Uni. Ich habe eine Verabredung", und das Kind in seinem Bettchen ablegt, dann hält die Mutter inne bei ihrer Arbeit und fragt: „Wann kommst du zurück?"
Sobald Vera die Wohnung verlässt, beginnt das Kind zu schreien. Sie kann es im Treppenhaus hören, bis hinunter auf die Straße. Wenn sie zurückkommt, hört sie es schon durch die geschlossene Haustür. Dann hat die Mutter rote Augen mit dunklen Schatten darunter und das Kind ist heiser, zuckt und krampft vor Aufregung, wenn Vera es der Mutter aus dem Arm nimmt, spürt sie, wie jedes Schluchzen das Kind bis auf die weichen Knochen schüttelt. Es schmiegt sich an Vera und schläft schlaff und schwer auf ihrem Schoß.

Vera füttert das Kind. Es trinkt gierig mit geschlossenen Augen. Als das Fläschchen leer ist, legt Vera sich das Kind an die Schulter und klopft ihm auf den Rücken, bis es warme Milch über ihr T-Shirt spuckt. Es atmet seinen sauren Milchatem in ihr Gesicht.
Vera sagt zur Mutter: „Die Fläschchen müssen sterilisiert werden. Wo hast du den Schnuller hingetan? Rühr doch bitte die Milch an. Du musst Windeln kaufen, es sind fast keine mehr da."
Sie setzt das Kind auf ihr Knie, hält es mit einer Hand unter den Achseln, stützt mit der anderen das Köpfchen und wippt mit dem Bein auf und ab. Das Kind gluckst, pfeift, wölbt die rosa Lippen.
„Es hat mich angelächelt", ruft Vera, „Schau mal, wie es lächelt!"

Die Mutter sitzt am Tisch und hat einen leeren Blick.
Manchmal geht Vera abends fort.
„Bist du lange weg“, fragt die Mutter, „Du kommst doch heute wieder?“
Vera, schon an der Tür, sagt: „Ich weiß nicht“, und weiß, dass die Mutter die ganze Nacht kein Auge zutun wird, dass das Kind schreien und schreien wird, bis sie zurückkommt. Oft bleibt sie lange fort, kommt erst gegen Morgen heim. Dann ist das Kind erschöpft, es wimmert und weint und hat Schluckauf. Sein Gesicht ist verklebt von Tränen, Speichel und Rotz, in seinen Mundwinkeln ist die Milch angetrocknet. Die Mutter sitzt daneben und hält das Fläschchen mit den bunten Clownsgesichtern umklammert.

Draußen regnet es, der Wind klatscht Regen und Herbstlaub gegen die Fenster. Die Mutter füllt ein Fläschchen, packt einen Schnuller in die Wickeltasche und holt das Regenverdeck für den Kinderwagen aus dem Schrank.
„Was machst du da?“, fragt Vera und zieht das Kind an den winzigen Ohrläppchen. Das Kind quiekt.
„Spazieren gehen“, sagt die Mutter. Sie hat nicht geschlafen, Vera sieht es an ihren schweren Lidern und daran, wie flattrig sie die Hände bewegt.
„Ich mache einen Spaziergang“, sagt die Mutter laut, „und ich nehme es mit.“
Vera starrt die Mutter an, die Mutter hat hohle Wangen, sie hält die Wickeltasche und das Regenverdeck fest, und steht ganz steif da, als wäre sie an straffen Fäden aufgehängt. Vera nimmt das Kind unter den Achseln, sein Kopf kippt nach hinten, sie steht auf und hält es der Mutter hin.

Vera schreibt ihm eine SMS: Ist schon Herbst? Er ruft sofort zurück.
Sie packt ihre Sachen. Bevor sie geht, legt sie einen Zettel auf den Küchentisch: Ich fahre zu dem Mann, den ich seit einiger Zeit treffe.

Die Zugfahrt dauert drei Stunden. Er wird sie am Bahnhof abholen. Sie werden sich umarmen und sich lange aneinander festhalten. Draußen zieht die Landschaft vorbei. Auf den Feldern glänzt Raureif. Sie werden nicht draußen schlafen. Am Morgen wurde im Radio von einem frühen Wintereinbruch gesprochen.
Vera hat das Gefühl, etwas zu Hause vergessen zu haben. Sie öffnet ihre Reisetasche, durchwühlt die Kleidung. Ihr fällt nichts ein, das fehlt. Sie geht zur Toilette und tupft sich Puder auf die Wangen. Im Spiegel sieht sie, dass ihre Bluse einen Fleck hat. Ein Speichelfleck des Kindes, vom Füttern heute Morgen. Sie geht zurück zu ihrem Sitzplatz. Holt einen Pullover aus der Tasche, zieht sich auf der Toilette um.
Er wartet am Bahnsteig auf sie. Sein Atem ist sichtbar in der kalten Luft. Sie umarmen sich und halten sich einen Moment aneinander fest.

Als Vera aufwacht, glaubt sie zuerst, geträumt zu haben, weil sie so plötzlich erwacht ist und weil ihr Herz so schnell schlägt, aber sie kann sich an keinen Traum erinnern, nur an einen dunklen Schlaf, wie eine Bruchkante, eine Kluft zwischen ihren Tagen. Er liegt neben ihr und schläft mit leichtem ruhigem Atem, sein Arm liegt warm auf ihrer Brust. Es muss die Stille sein, die sie geweckt hat, diese Stille hier bei ihm und dass das Kind nicht weint. Veras Schlaf ist leicht geworden, seit das Kind da ist, hat sich seinem Rhythmus angepasst. Sie ist nicht mehr so lange von zu Hause fort gewesen, seit es geboren wurde. Einen Tag und eine Nacht. Vera fragt sich, wie lange ein Kind schreien kann. Irgendwann, denkt sie, muss etwas in ihm zerreißen, müssen seine schmalen Rippen brechen, muss eine Ader platzen. Irgendwann kann die Mutter nicht mehr stillhalten, wird die Mutter aufstehen und das Kind hochheben. Es wird schreien, wird sich aufbäumen, sie wird es fester halten, es packen, es schütteln, sie wird es nicht aushalten. Vera wird nach Hause kommen und die Mutter wird da sitzen, regungslos.

Sie nimmt ein Taxi vom Bahnhof nach Hause. Als sie die Haustür aufschließt, merkt sie, dass ihre Finger zittern. Sie hastet die Treppe hinauf, nimmt immer zwei Stufen auf einmal. Es ist so still im Treppenhaus, ihre Schritte hallen. Sie öffnet die Wohnungstür, schließt einen Moment die Augen, bevor sie eintritt.
Die Mutter steht in der Küche, das Kind schläft an ihrer Schulter. Sie dreht sich zu Vera um und legt einen Finger an die Lippen. „Es schläft", sagt sie.

Literatur für die Ohren: Das Hörbuch zum Buch

Der Jugendliteraturpreis regt nicht nur zum Lesen an, sondern lässt auch lesen! Und zwar alle Autoren ihre eigenen Geschichten – damit der Leser nicht nur in den Text eintaucht, sondern auch die Stimme dahinter hören kann.

Mit der professionellen Aufnahme des Hörbuches durch die Frankfurter Hörfunkagentur Internationaler Audiodienst (iad) ist auch ein individuelles Sprechcoaching verbunden, das die Autoren auf ihre Lesetournee vorbereitet.

Für das Hörbuch zum OVAG-Jugendliteraturpreis hat iad-Mitarbeiter Stefan Erbe die Autoren technisch und inhaltlich begleitet. Für ihn ist die Produktion viel mehr als Aufnehmen und Schneiden im Tonstudio: „Die eigentliche Arbeit passiert vor und während der Aufnahme: Ich helfe den Autoren, ihre Geschichten am Mikrofon zum Leben zu erwecken. Es geht darum, dass sie ihren Text nicht nur vorlesen, sondern den Zuhörern die Geschichte wirklich erzählen“, erklärt er.

Bei diesem Coaching geht es dann auch manchmal richtig zur Sache: „Wenn sich die Figuren in den Geschichten streiten, hassen, beschimpfen, wenn sie Angst haben, traurig sind oder weinen, dann müssen sich die Autoren wirklich trauen, sich in diese Gefühle reinzudenken, sie zuzulassen und in ihre Stimme zu legen. Genauso ist es natürlich bei Überraschung, Spannung, Freude, Witz und Humor, wenn in der Geschichte geschmunzelt oder sogar herzhaft gelacht wird." Viele sagen nach dem Coaching: „Jetzt habe ich meine Geschichte noch mal viel intensiver verstanden."

Alle Geschichten aus diesem Buch sind als kostenloser mp3-Download verfügbar unter:
www.ovag-gruppe.de/hoerbuch

Hilfe beim Download nötig?
silke.rodemerk@ovag-energie.de oder 06031/6848–1118

Internationaler Audiodienst Frankfurt (iad)
www.iad-studio-frankfurt.de

Die Preisverleihung

am 16. September 2014 in Friedberg

Die Laudatio hielt die Journalistin und Autorin Mely Kiyak.

Laudatio zum Jugendliteraturpreis der OVAG im Rahmen der Preisverleihung in Friedberg am 16. September 2014

Von Mely Kiyak

Sehr geehrte Gastgeber des Jugend-Literaturpreises der OVAG,
Sehr geehrter Rainer Schwarz,
Sehr geehrter Rolf Gnadl und Andreas Matlé,
Sehr geehrte Frau Ministerin Lucia Puttrich,

Liebe Linde Rabenstein – Ihr Mann und Andreas Matlé hatten vor über zehn Jahren die Idee zu diesem Preis –,
Liebe Juroren und Pressekollegen,
Meine sehr verehrten Damen und Herren und vor allem:
Liebe Preisträgerinnen und liebe Preisträger.

Ich gratuliere Ihnen, meine lieben jungen Kolleginnen und Kollegen, aufs herzlichste und freue mich mit Ihnen über Ihren Literaturpreis, den Sie heute Abend für Ihre Kurzgeschichten erhalten werden und ich gratuliere Ihnen außerdem zu Ihrer Entscheidung, zu schreiben. Denn dazu bedarf es neben der Lust auch zu Durchhaltewillen und langem Atem, kurzum: zu Fleiß. Und wer hat, unter uns, eigentlich Lust zum Fleißigsein?

Lesen ist gemütlicher als Schreiben, diese Erfahrung haben Sie vielleicht auch schon gemacht. Ich jedenfalls lümmele deutlich lieber auf meinem Leseplatz und lese, als am Tisch zu sitzen und konzentriert zu schreiben. Noch ist das Schreiben, liebe jungen Autorinnen und Autoren, für Sie ein Hobby, ein Zeitvertreib neben der Schule oder der Ausbildung, eines von vielen, neben Musik hören, musizieren, Sport treiben oder nach der Schule nach Hause gehen und erstmal zu schlafen. Man schläft in Hessen doch hoffentlich noch nach der Schule, oder wurde das im Zuge der Schulreformen auch schon abgeschafft? Unsere jüngste Preisträgerin in diesem Jahr ist übrigens, das darf ich schon einmal verraten, sagenhafte 14 Jahre alt und kann bereits schreiben wie eine Abiturientin. Ich bin mir nicht sicher, ob es unter Ihnen welche gibt, die den festen Entschluss gefasst haben, weiter zu schreiben, als Beruf oder wenigstens als lebensfüllende Aufgabe.

Für diejenigen unter Ihnen, die das wagen wollen, möchte ich ein wenig erzählen, was es bedeutet, wenn man schreibt. Es gibt verschiedene Arten des Schreibens. Es gibt das Notieren. Die so genannte Notiz, also das Festhalten einer Nachricht. Es gibt das Protokoll, das darin besteht, mündliche Rede festzuhalten. Es gibt das Beschreiben, dass sich an der Wirklichkeit orientiert, oder zumindest daran, wovon man meint, es gesehen zu haben. Dann gibt es noch das Dichten, das darin besteht, einen Gedanken besonders kunstvoll, aber knapp in Versen zu äußern. Und dann gibt es die natürlichste Form des Erzählens. Nämlich das Erzählen selbst. Mit eigener Stimme, eigener Sprache, eigenen Worten mitteilen, wovon man meint, dass es der Mitteilung wert ist. Menschen erzählen sich Geschichten, seit es Sprache gibt. Das ist, dass man sich mitteilen möchte. Und so wie es schweigsame und schwatzhafte Menschen gibt, gibt es auch in der Literatur schweigsame, mysteriöse Erzähler, die ihre Geschichte geheimnisvoll und spannend erzählen und schwatzhafte, die unterhaltsam plaudern.

Sie werden sich jetzt sicher über den schweigsamen Erzähler wundern. Doch gibt es ihn. Es sind Autoren, die reduziert schreiben, weil wenige Worte manchmal mehr sagen als viele. Lakonische, schweigsame Erzähler erzählen so viel, wie es braucht, um einer Geschichte zu folgen. Auch unter Ihren eingereichten und prämierten Kurzgeschichten gibt es solche, die kurz sind und andere, die wirklich kurz sind. Ich ermutige Sie, liebe Preisträgerinnen und Preisträger, herauszufinden und auszuprobieren, ob das, was Sie erzählen, auch ausführlicher oder reduzierter ginge.

Wenn Sie weiter schreiben wollen, werden Sie das wahrscheinlich ohnehin tun. Denn irgendwann wird der Zeitpunkt kommen, wo Sie ihre Texte nicht mehr Freunden oder der Familie geben werden, um herauszufinden, ob der Text gelungen ist, sondern Sie werden anfangen, sich selbst zu überprüfen, und wenn Sie wirklich ein Autor sind, werden Sie lernen, zu ermessen, ob das, was Sie schreiben, Ihnen gefällt. Wirklich gefällt. Und Sie werden feststellen, dass irgendwann einmal, wenn Sie alte Texte von sich lesen, sich dieses unzufriedene Gefühl der Unvollkommenheit einstellen wird, weil Sie sehen, was Sie hätten anders machen können. Ihre alten Texte werden Ihnen auch deshalb nicht mehr gefallen, weil sie älter werden, weil Sie die Dinge anders betrachten und neu bewerten, weil Ihr Repertoire an Worten und Begriffen sich erweitert. Schreiben ist meistens eine Qual. Sie werden kaum etwas anderes hören von Leuten, die ernsthaft schreiben. Weil man immer versucht, den Dingen auf den Grund zu gehen und viel zu selten das Gefühl hat, dass es gelingt.

Ich ermutige Sie auch, streng mit Ihrem Schreiben zu sein. Die selbstgeschriebenen Sätze zu lesen, und sich zu befragen, was ist an meiner Geschichte der Punkt, den ich erzählen möchte? Was darf ich weglassen, was muss ich weglassen? Mir ist aufgefallen, dass auffallend viele Texte damit enden, dass einer der Protagonisten geht. Rein technisch verstehe ich, dass Sie das so gemacht haben, denn Sie lassen den Leser wie bei einem Film aus der Geschichte herausgehen, weil Sie ihre Geschichte damit zu einem Ende bringen oder wenigstens abrunden wollen, ohne groß Worte darüber zu verlieren, bei manchen von Ihnen endet die

Geschichte wie bei einem Cliffhanger. Das ist eine Technik, die Sie sich möglicherweise durch Ihren Fernseh- oder Filmkonsum angeeignet haben. Ich will damit sagen, dass man auch als routinierter Schreiber – und das sind Sie sicher – sich inspirieren lässt von Film, Musik oder Lyrik.

Doch irgendwann werden Sie feststellen, dass Ihnen das stilistisch nicht reicht. Sie werden mutiger und finden ihre ureigene Art, eine Geschichte enden zu lassen. Denn das Ende einer Geschichte ist sehr wichtig für die Rezeption eines Textes. Achten Sie auf die Reden von Politikern, das wirklich wichtige verstecken unsere Politiker an den Anfang oder die Mitte ihrer Rede, weil sie sicher sein können, dass sich am Ende der Rede niemand mehr an Lohnkürzungen oder steigende Steuern erinnern wird, am Ende werden sie immer persönlich und emotional, weil sie wissen, dass dieser letzte Moment einer Rede den entscheidenden und bleibenden Eindruck hinterlassen wird.

Es hilft dem Schreiben übrigens sehr, wenn man sich Gebrauchstexte aller Art durchliest. Lesen Sie nicht nur Prosa, lesen Sie auch Lyrik, lesen Sie Wochenmagazine, lesen Sie Bundestagsanfragen und hören Sie genau zu, wenn Menschen in der Bahn sich miteinander unterhalten. Nur so erforschen Sie die unterschiedlichen Sprachen der Milieus und alles Wissen kommt den handelnden Personen in Ihren Texten zugute, das verspreche ich Ihnen.

Vor dem Abschotten und Schreiben kommt das Öffnen und Zuhören! Talent ist das eine, liebe Preisträgerinnen und Preisträger, das Handwerk aber ist etwas anderes. Handwerk erlernen Sie, indem Sie viel lesen. Die wichtigste Voraussetzung für das Schreiben ist meiner Meinung nach das Lesen. Es gibt in der Literatur tatsächlich nur zwei Themen. Die Liebe und der Tod. Alle Literatur erzählt davon.

Was die Geschichten einzigartig macht, ist nicht, was man erzählt, sondern wie man erzählt. Also lesen Sie. Lesen und erfahren Sie, wie es andere machen. Und dann machen Sie es selbst, mit Ihrer eigenen Stimme. Also möchte ich Sie auch ermutigen, bei sich zu bleiben, bescheiden zu sein, die Geschichte unaufgeregt zu erzählen, ohne so zu tun, als sei man wer anders. Der Leser ist sensibel. Der Leser geht nur mit, wenn er das Gefühl hat, dass sein Erzähler ehrlich ist und sich nicht verstellt. Sich nicht dümmer oder klüger macht, als er wirklich ist. Die Personen in Ihren Stücken können dumm sein, aber Sie als Autor dürfen nicht dumm sein. Es ist wie mit der Langeweile.

Wenn Sie erzählen wollen, dass Ihr Lehrer über Stunden hinweg langweilig ist, darf Ihr Text nicht stundenlang langweilig sein, sondern im Gegenteil, der Text darf vor Witz sprühen und kurzweilig sein, dass sich der Leser beim Lesen vor Amüsement biegt und denkt, mein Gott, was für ein armseliger Lehrer, wie albern und lächerlich, und dann passiert das, was nur gute Literatur schafft – der Leser verbündet sich mit der armseligen Person des langweiligen Lehrers und gewinnt ihn lieb. Denn gute Literatur diskreditiert sein Personal nicht! Das kann nur kluge Literatur, dass sie ihr Personal liebenswert erhält, weil die wahre Literatur Menschen so zeigt, wie sie sind, fehlbar, also menschlich. Was aber nun bedeutet es, zu schreiben? Sein Leben gewissermaßen mit nichts anderem zu verbringen, als mit dem Schreiben von Geschichten, Essays oder Sachbüchern? Ich glaube, dass vor allem Anfang, also auch noch vor dem Lesen und sogar noch vor dem Denken, das Fühlen kommt.

Das Fühlen bestimmt den Tonfall Ihrer Erzählung, macht die „Betriebstemperatur des Textes." Schreiben gelingt nicht, weil man es sich vorgenommen hat. Schreiben gelingt auch nicht, wenn man meint, etwas zu wissen. Schreiben gelingt nur, wenn man das Gefühl hat, dass man selbst etwas erfahren möchte. Man möchte vielleicht über die Liebe schreiben, viele von Ihnen taten es übrigens, sie beschrieben die Zweisamkeit, also fängt man an mit dem ersten Satz, und der ist die Voraussetzung für den zweiten Satz und die Voraussetzung für den dritten Satz und so weiter. Und jeder vorangegangene Satz zeigt Ihnen die Richtung, in die es weiter geht. Sie nehmen zuerst sich selbst an die Hand und führen sich durch Ihre eigene Geschichte. Nur durch das Weiterschreiben erfahren Sie, wie es weitergeht.

Aber seien Sie vorsichtig und verraten Sie bloß nicht zu viel. In einer Ihrer Geschichten las ich, dass das Gegenüber „traurige Tränen weinte." Der Eindruck, dass jemand traurig ist, ist viel stärker, wenn das Gegenüber statt trauriger Tränen einfach nur Tränen weint. Und wenn das gegenüber nicht nur Tränen weint, sondern einfach nur weint, wird der Eindruck, dass jemand wirklich traurig ist, viel intensiver, weil man diskret mit dem Wortschatz umgegangen ist. Sie schreiben also den einen Satz und den nächsten und teilen Sie sich mit. Der erste Leser jeder Geschichte ist der Autor selbst. Wenn Sie lesen, was Sie schreiben, sind Sie Leser und denken über das Geschriebene nach. Ist der Satz logisch, gehört er da hin, hat er den richtigen Tempus, Rhythmus und so weiter ...

Schreiben heißt auch, etwas zu erfahren und nicht nur jemandem etwas zu erzählen. Ich glaube, dass man deshalb schreibt, um besser begreifen zu können. Schreiben resultiert mehr aus Wissen wollen denn aus Wissen. Wenn Sie Lust darauf haben, Ihr Leben mit dem Schreiben zu verbringen, machen Sie sich auf viel Kopfzerbrechen gefasst. Machen Sie sich darauf gefasst, dass Sie fortan nur noch in Worten, Begriffen und Sätzen denken. Das wird mit Sicherheit anstrengend, aber auch aufregend und sinnlich. Dann gehen Sie zurück an den Tisch, der natürlich kein toller, hochwertiger, teurer Tisch ist und sitzen auf einem Stuhl, der Ihnen natürlich immer Rückenschmerzen machen wird, denn die wirklich teuren Stühle und Tische werden Sie sich erst leisten können, wenn Sie von Ihrer Literatur leben können, also ziemlich am Ende ihres Lebens. Achten Sie mal darauf, die wirklich hochdotierten Preise bekommt man immer am Ende des Lebens, wenn der Rücken längst kaputt ist, jedenfalls: Sie kehren zurück an den Tisch und haben wieder eine Idee für Ihre Figur, weil Sie in der Wirklichkeit stöbern waren, aber bevor das geschieht, haben Sie sich den Kopf zerbrochen.

Wenn Sie Lust auf ein gemütliches Leben haben, werden Sie bitte nicht Autor. Ich weiß nicht, welcher Beruf gemütlich ist, aber als Publizist lebt man nicht bequem, ich lege meine Hand dafür ins Feuer! Schreiben, ist die Welt zu behaupten. Wenn Sie mich fragen, wie mein Tag heute verlaufen ist, kann ich Ihnen unzählige Variationen anbieten.

Eine, die der Wirklichkeit sehr nahe kommt, bis hin zu einer vollkommenen Dichtung. Und jedes Mal bleibt es eine Behauptung. Man übersetzt mit Worten für jemanden etwas, der es nicht erlebt hat. Vielleicht ist Ihnen das schöne Wort des „Übersetzens" schon einmal aufgefallen. Wer übersetzt, setzt über, geht ans andere Ufer, hilft einem anderen, den Fluss zu überqueren.

Als Autor erleben Sie die Dinge immer zweimal. Einmal in echt und einmal auf dem Papier. Das ist fantastisch, aber auch eine große Verantwortung. Denn Literatur bewirkt. Sie haben vielleicht schon gehört: Es gibt Menschen, die meinen, dass die Kunst nicht so wichtig sei, die Literatur, die ganzen Texte, die Bilder und all das sei überflüssiger Firlefanz. Das ist natürlich Blödsinn. Wir leben in einem Land, in dem Bücher verbrannt wurden, in dem Schriftsteller, Maler und Musiker fliehen mussten. Mächtige Machthaber machten sich angesichts einer Handvoll

Künstler, die ihre Geschichten und Gefühle besangen, dichteten und komponierten in die Hosen und verjagten oder vernichteten sie. Sehen Sie, so mächtig ist die Literatur, weil die behauptete Wirklichkeit ebenfalls eine Wirklichkeit schafft.

Vielleicht denken Sie, liebe Preisträgerinnen und liebe Preisträger, dass das alles Sie nicht betrifft. Weil Sie einfach nur Spaß daran haben, eine Geschichte zu erzählen. Aber ich kann Ihnen versichern, wenn Sie wirklich langfristig das Schreiben weiterführen wollen, dann werden Sie irgendwann an den Punkt kommen, sich diese Fragen selbst zu stellen. Warum schreibe ich? Was schreibe ich? Wie schreibe ich? Denn Sie werden irgendwann vielleicht davon leben wollen und dann müssen Sie sich daran gewöhnen, dass Sie ihre Literatur einer permanenten Überprüfung unterziehen müssen.

Im Grunde haben Sie sich mit der Teilnahme an diesem Literaturwettbewerb dieser Überprüfung freiwillig gestellt! Manche von Ihnen sogar mehrmals in Folge. Weil es Ihnen wichtig war, herauszufinden, wie das, was Sie machen, angekommen ist. Aber vor allem möchten Sie damit überprüfen, ob der Text überhaupt angekommen ist und der Preis, den Sie erhalten, ist Ihnen ein Indikator dafür, wobei ich natürlich davor warne, den Empfang eines Preises allzu hoch einzuschätzen. Denn es gibt wunderbare Autoren auf dieser Welt, die noch nie etwas gewonnen haben und die können schreiben, vielleicht sogar viel besser, als jene, die ständig was gewinnen.

Dennoch ist es wichtig, dass die Texte gemocht werden, denn sonst werden Sie niemals in einem Verlag veröffentlicht und das Schreiben dient ja dem Senden von Geschichten. Wenn Sie aber nicht die Leser erreichen, dann bleiben Ihre Geschichten alleine, und dafür sind Geschichten ja nicht gedacht, dass sie vereinsamt in der Schublade liegen. Geschichten sind dafür da, erzählt und wahrgenommen zu werden. Weil erzählen verbindet, also Verbindung zur Welt schafft.

Ich möchte an Ihrem schönen Ehrentag nicht zu kompliziert werden, aber ich wollte Ihnen mit vielen Worten sagen, was ich eigentlich in zwei Sätzen hätte sagen können. Erstens: Ich nehme ernst, was Sie machen. Zweitens: Ich finde es gut, dass Sie schreiben. Schauen Sie, so macht man das in einer Rede. Hinten raus wird man emotional und gibt noch mal alles rein. Meine Lohnkürzungen und Steuererhöhungen haben Sie spätestens hier schon vergessen, meine Ermahnungen und meine kurze Kritik an den „traurig geweinten Tränen" und so ... Also: Schreiben Sie weiter, fühlen Sie sich durch die heutige Preisvergabe ermutigt, seien Sie selbstbewusst, aber kritisch sich selbst gegenüber und vor allem: Lesen Sie.

Lassen Sie die Welt nicht draußen. Wagen Sie sich vor, bilden Sie sich eine Meinung über die Gesellschaft, in der Sie leben und mit all dem Wissen, dass Sie sich angeeignet haben, gehen Sie zurück an Ihren Tisch und erzählen Sie.

Im letzten Jahr hielt die Laudatio dieses Literaturpreises der Publizist Frank Schirrmacher, der vor einigen Wochen leider starb. Auch bei ihm stand das Denken vor dem Schreiben.

Bitte, liebe Preisträgerinnen und Preisträger, hören Sie nie auf, zu denken, egal, in welchem Beruf Sie landen werden, denn die Welt um uns herum ist gesättigt an dummen Menschen, denen das Denken zu anstrengend geworden ist und die deshalb die Welt mit ihrem Stumpfsinn terrorisieren und in Kriege verzetteln.

Wer schießt, hat aufgehört zu denken. Wer schreibt, hat keine Hand frei zum Schießen. Bitte denken Sie scharf nach, denn gute Literatur braucht scharfes Denken. Gute Literatur ist schärfer als irgendeine Waffe dieser Welt es jemals sein kann.

Bewaffnen Sie sich mit Ihrem Denken und munitionieren Sie sich mit Wissen. Bleiben Sie empathisch und wild!

Ich gratuliere Ihnen herzlich zu Ihrer Auszeichnung.

Die Gewinnertafel

1. Platz **Elisa Wächtershäuser**
2. Platz **Mara Stuhlmann**
3. Platz **Johanna Kaucher**

Die weiteren Preisträger (in alphabetischer Reihenfolge):

Sebastian Adam
Caroline Benz
Katharina Clauss
Elisa Fuchs
Solvejg Kassandra Kleber
Farnaz Nasiriamini
Karin Pietsch
Vita Rabinovich
Julie Sophia Schöttner
Lina Thiede
Joy Benner
Anna Cijevschi
Tatjana Cyrulnikov
Timothy Bryan Heinle
Annika List
Clara Nell
Benjamin Pizarro
Anna Julia Schmidt
Kim-Anh Schäfer
Kerstin Uebele

Gruppenpreise:

Der mit 400,– Euro dotierte *Karlhans-Frank-Gedächtnispreis* ging an die Abiturienten des Burggymnasiums 2014 unter Lehrerin Frau Schroeter mit dem Projekt „Die ungeheure Welt, die ich in meinem Kopf habe“, Lyrik und Prosa inspiriert durch Franz Kafka.

Weitere Gruppenpreise gingen an …

… die Schüler des Deutsch-Leistungskurses in der Qualifikationsphase 2 am Kaiserin-Friedrich-Gymnasium in Bad Homburg unter ihrer Lehrerin Frau Lenz mit Assoziationen zu dem Gedicht „Mondnacht“ von Joseph von Eichendorff.

… die Schüler der ehemaligen Klasse 9b2 des Kaiserin-Friedrich-Gymnasiums in Bad Homburg unter Lehrerin C. Alof-Hermann unter anderem mit Texten zu Bildern von Andy Goldsworthy.

… die ehemalige Klasse 7a der Ernst-Ludwig-Schule unter der Lehrerin Dorothee Göbler mit Erzählungen zu dem Thema „Helden, Liebe, Mut und Freundschaft“.

… die ehemalige Klasse 9b der Ernst-Ludwig-Schule Bad Nauheim unter Klassenlehrerin Andrea Jung-Mack für gesammelte Kurzgeschichten.

… die 7. IGS-Klasse der Schrenzerschule Butzbach unter Lehrerin Kim Eva Voigt-Hilberger mit gesammelten Texten.

… die ehemalige Deutschklasse der 8. Jahrgangsstufe an der Limesschule Altenstadt unter Lehrerin Michaela Karch mit Texten, die in der Hauptsache beeinflusst wurden von dem Bild „Le pont de l'Europe".

… die ehemaligen 9. Klassen des Landgraf-Ludwig-Gymnasiums in Gießen unter den Lehrern Simone Pfister, Rolf Bernhardt, Elisa Gerth, Silke Fleming und Kirstin Geißler mit Texten zum Thema „Freiheit".

… die ehemalige Klasse 10 aR der Gesamtschule Gedern unter Lehrerin Christine Franzke für gesammelte Texte.

… die Ernst-Ludwig-Schule Bad Nauheim für die meisten Einzeleinsendungen.

Der Workshop

Danke, Martina

„Zehn Jahre sind genug.“ Sagte Martina Walenta einige Tage vor dem diesjährigen Workshop in Bad Kissingen. Und fügte, um wegen ihrer Motive keinen Zweifel zu lassen, sogleich hinzu: „Wenn es am schönsten ist, soll man aufhören.“ Worauf die Replik folgte: „Woher willst du denn wissen, dass es gerade jetzt am Schönsten ist?“

Gleichwohl, wer Martina Walenta, Leiterin der Redaktion des Kreis-Anzeigers für Wetterau und Vogelsberg, lange genug kennt, der weiß, dass sie sich über ein „Dankeschön“ gewiss freut, aber nicht auf kokette Spielchen aus ist, an deren Ende sie dann überredet werden möchte und schließlich seufzt: „Na gut, wenn ihr wollt, dann mache ich eben noch ein Jahr weiter.“

Wer Martina Walenta lange genug kennt, der weiß, dass sie privat nicht anders ist, wie sie ihre Kollegen und all die Preisträger, die im Laufe eines Jahrzehnts „durch ihre Hände“ gegangen sind, schätzen gelernt haben: Geradlinig, unprätentiös, ehrlich. Ganz anders, als sich so mancher Außenstehende Menschen vorstellt, die täglich durch den Literaturwettbewerb schweben.

Was vielleicht daran liegen mag, dass Martina Walenta eine Vollblutjournalistin und Vollblutredakteurin ist. Soll heißen: Immer hart am Thema, ohne überflüssige Schnörkel und täglich aufs Tempo drücken. Was nun absolut nicht heißen soll, das Martina Walenta nicht ein Gespür, eine Liebe, für das schöne Deutsch hätte. Ganz im Gegenteil.

Zumindest vertrat sie in der Gruppe der Lektoren einen Charakter, eine Mentalität und eine Auffassung von einer gelungenen Geschichte, die sich wunderbar in das Gefüge von solch unterschiedlichen, professionellen Autoren einfügte. Darüber hinaus gilt sie bei allen als beliebte Kollegin, verschwiegen, wenn es um persönliche Fragen geht, unbestechlich in ihrem Urteil. Das alles macht das Bedauern über ihren Rückzug unter den Lektoren-Kollegen umso ehrlicher, umso größer.

Als sie vor zehn Jahren in den Workshop einstieg, war die Erleichterung über ihre Verpflichtung bei einigen Preisträgerinnen unüberhörbar. Hatte doch eine von ihnen im ersten Jahr – im Angesicht von drei Lektoren – gemault: „Warum sitzen denn da nur Männer?“ Nun gut, so ist das nun einmal, im Laufe der Zeit senkte sich die Waagschale zugunsten der Frauen in diesem Gremium. Allerdings mitnichten einem wie auch immer gearteten Gender-Zwang geschuldet.

Um auch das aufzuklären: Martina Walenta zieht sich aus rein terminlichen Gründen aus dem Workshop zurück. Schließlich beschränkt sich diese Tätigkeit nicht bloß auf vier Tage in der schönen Villa in Bad Kissingen, sondern bedeutet tagelange Vorbereitung auf die Texte aller Preisträger.

Wenigstens als Jury-Mitglied bleibt Martina Walenta dem Jugend-Literaturpreis erhalten. Und – das nur am Rande aber zugleich als Wink mit dem Buchrücken – die alte Weisheit der Schwergewichts-Box-Champions „They never come back“ gilt schon lange nicht mehr.

Danke, Martina!

Die bisherigen Laudatoren beim Jugend-Literaturpreis der OVAG

Prinz Asfa-Wossen Asserate

Zsusza Bánk

Heiner Boehncke

Alina Bronsky

Susanne Fröhlich

Franziska Gerstenberg

Petra Gerster
© ZDF Bilderdienst

Olga Grjasnowa

Alexa Hennig von Lange

Vea Kaiser

Hellmuth Karasek

Tanja Kinkel

Felicitas von Lovenberg

Andreas Maier

Harald Martenstein

Frank Schirrmacher

Gert Scobel

Burkhard Spinnen

Feridun Zaimoglu

Juli Zeh

Gesammelte Werke – 11. Jugend-Literaturpreis der OVAG 2014

Herausgeber
Rainer Schwarz, Rolf Gnadl

Lektorat
Uschi Flacke, Franziska Gerstenberg, Vea Kaiser, Andreas Matlé, Martina Walenta, Feridun Zaimoglu

Korrektorat
Silke Rodemerk

Fotos
Günter Hamich, OVAG-Gruppe, ZDF Bilderdienst, privat

Hörbuch-Produktion
Stefan Erbe/Internationaler Audiodienst Frankfurt (iad)

Layout
Ines Walenta

Druck
Druckkollektiv GmbH, Gießen

Ein Projekt der

ovag Gruppe

Januar 2015

Informationen zum Jugend-Literaturpreis unter 06031 6848-1222 und auf der Homepage unter www.ovag-gruppe.de oder bei facebook (ovag-jugendliteraturpreis)

ISBN 978-3-9815015-7-5